당신의 판타지아

주얼

eastend

| 차례 |

당신의 판타지아　　　　5

경수의 다림질　　　　39

키클롭스　　　　77

이상한 세상을 바꿀 수 있는 건　　　　101

곰팡이　　　　141

순간을 믿어요　　　　173

작가의 말　　　　221

당신의 판타지아

"현실이든 환상이든 그건 중요하지 않아요. 중요한 건 이 순간을 믿는 거예요."

나를 향해 몸을 살며시 돌린 그녀가 우산을 바꿔 잡고 내 왼손 위에 살포시 자신의 오른손을 올려놓았다. 포근하고 다정한 온기가 느껴졌다.

"그러면 당신의 이야기가 되니까."

당신의 판타지아

1.

사실 소설은 내가 아닌 K가 써야 했다.

어릴 적부터 누구보다 가깝게 지낸 K는 책을 좋아하고 글쓰기를 잘했다. 초등학교부터 고등학교까지 교내 백일장의 1등은 항상 K였다. K의 장래 희망은 작가였고, 그건 너무나 당연하게 여겨졌다. 당시 또래 친구들에게 가장 인기 좋은 전공은 컴퓨터나 반도체 관련 학과였지만 K는 당당하게 국문학과에 가겠다고 했다. 그런 K가 고등학교 교육과정을 이과로 선택했을 때 친구들은 모두 의아해했는데, K는 특유의 냉소적인 말투로 대수롭지 않게 답했다.

"한자 외우기 싫거든."

K는 골치 아프게 이것저것 고민하는 걸 싫어했다. 자신이 좋으면 좋아하고, 하고 싶으면 하는 성격이었다. 얼핏 보면 삐딱하고 자기 멋대로인 것처럼 보였지만, 누구보다 속이 깊고 순수하다는 걸 난 알고 있었다. 단지 다른 아이들에 비해 말과 행동이 조금 튀었고, 그런 면이 K에게 편견을 갖게 했다.

K는 결국 자신이 원했던 전공으로 대학교 진학에 성공했다. 비록 수능 성적이 좋지 못해 생소한 지방 대학교이긴 했지만, 난 아무런 주저함 없이 자신이 하고 싶은 전공을 선택한 K가 대단하다고 생각했다. 그런 아이는 반에서, 아니 내가 아는 사람 중에서 K가 유일했다.

대학교에 입학할 때만 해도 난 K가 시를 쓰든 소설을 쓰든 머지않아 분명 성공한 작가가 될 거라 믿었다. 하지만 학교를 졸업하고 20대 후반을 지나 서른 살이 될 때까지 K의 삶은 작가와 거리가 있었다. 학원에서 아이들에게 문학과 국어를 가르치며 틈틈이 뭔가를 계속 쓰는 것 같았지만 등단하거나 책을 출간하진 못했다. 그러더니 어느 순간 학원을 그만두고 의약품 운송 일을 시작했다. 갑자기 무슨 일이냐고 놀란 나에게 K는 요즘 애들이 국어에는 관심도 없어서라고 자조했다.

"힘들게 가르치면 뭐하냐. 책은 한 장도 안 읽지, 내뱉는 말이라곤 줄임말하고 욕밖에 없는데."

하지만 나중에 씁쓸한 표정으로 이렇게 실토했다.

"가르치는 것보다 트럭 운전이 더 벌더라고."

알고 보니 K의 아버지가 병환으로 쓰러지면서 맏이인 K가 집안 경제를 책임져야만 하는 상황이었다. 아마도 이때부터였던 것 같다. K는 자신이 좋아하는 걸 좋아할 수 없었고, 하고 싶은 걸 할 수가 없었다.

운전 일이 고단한지 K의 얼굴엔 항상 피로의 그림자가 짙었다. 그의 얼굴은 마치 생기를 잃고 천천히 말라가는 화초를 떠올리게 했다. 일주일에 쉬는 날은 단 하루였는데, 그날 K가 하는 건 집에서 온종일 잠을 자거나 나를 불러내 술을 마시는 거였다. 원래 술을 좋아하던 K는 주량이 더 늘었고, 술에 취해 인사불성 직전까지 가는 경우가 전보다 잦아졌다. 난 K가 걱정돼 작작 좀 처마시라고 화를 내곤 했다. K는 부끄러운 듯 배시시 웃으며 혀가 꼬인 목소리로 말했다.

"이허케라도 해야 버틸 수 이느거야. 그러니 하버만 봐주라. 응?"

피곤해서인지, 시간이 없어서인지, 아니면 이제 그냥 싫어서인지 K는 글을 쓰지 않았고 그렇게 작가와 점점 더 무관한 사람이 되어갔다.

대신 정말 생각지도 못하게 내가 글을 쓰기 시작했다. 처음엔 그저 재미 삼아 해보는 취미 또는 자기 계발의 차원이었다. 우연히 동네 서점의 글쓰기 모임이 있다는 걸 알게 되어 한 번 해볼까, 하는 마음으로 가볍게 참여했는데 어쩌다 보니 그 모임에서 짧은 소설을 쓰기 시작했다. 다른 참여자들은 에세이나 시를 쓰는 가운데 나만 소설을 썼다. 내가 소설을 쓰기 시작했다는 말에 K는 예상과는 다르게 무척 반가워했다. 사실 난 K에게 글을 쓴다는 말을 해도 될지 조심스러웠다. 못다 이룬 꿈에 미련이 남아있을 수도 있었으니까.

"그러고 보니 너도 소설 읽는 거 좋아했잖아. 야자 때 몰래 하루키 소설 읽는 거 다 알고 있었다고."

사실 내가 소설을 좋아하게 된 건 분명 K 덕분이었다. 난 K가 매일 틈만 나면 읽는 책들이 무엇인지 궁금했고, 몰래 따라 읽었다. K는 특히 무라카미 하루키의 소설을 좋아했는데, 나도 K를 따라 읽다 보니 자연스럽게 그의 소설에 빠져들게 되었다. 난 하루키 소설 속 인물의 말투나 행동이 K와 비슷하다고 느꼈고, K가 일부러 따라 하는 건 아닌가 생각하기도 했다.

난 매주 쓴 소설을 K에게 보여주었다. 유치하고 형편

없는 소설이었지만 K는 어떻게든 좋은 점을 찾아내 칭찬해 주고 더 좋아질 수 있는 방향을 이야기해 주었다. 그럴 때 K는 평소처럼 냉소적이거나 장난스럽지 않았고 어느 때보다 진지하고 다정했다. 피곤이 가득한 얼굴에 생기가 돌고 눈이 반짝이는 것 같기도 했다. 그런 K 덕분에 난 내 소설에 자신감을 가질 수 있었고, 더 즐겁게 소설을 쓸 수 있었다.

그렇게 1년 가까이 꾸준히 소설을 썼을 때 글쓰기 모임을 하는 서점의 권유로 독립출판 클래스에 참여하였고, 어쩌다 보니 못 이기는 척 나의 첫 작품집을 출간하기에 이르렀다. ISBN도 없는 어설프고 조악한 형태였지만 파일로만 존재하던 내 소설이 물성을 가진 책으로 나왔고, 그 책이 서점에 진열되었다. 무엇보다 신기하고 흥분되었던 건 내 책이 판매되어 누군가에게 닿았다는 것이었다.

K도 무척 놀라워했다. 작가가 직접 책을 만들고 유통할 수 있다는 것이, 등단 과정 없이도 누구나 작가가 될 수 있다는 것이 K에겐 적잖은 충격이었다. 난 K가 관심을 가지는 것에 신이 나서 말했다.

"너도 한번 해봐. 요새 이렇게 독립출판으로 꾸준히 작품 발표하고 유명해진 작가도 많아."

K의 얼굴에 미소가 스쳐 지나갔다. 너무나도 쓸쓸해

보이는 미소였다. 물끄러미 술잔만 바라보던 K가 말했다.

"됐어. 관심 없어."

"왜? 넌 나보다 훨씬 잘 쓰니까 분명 사람들이 좋아할 거야. 금방 유명 작가가……"

"씨발."

난 K가 내뱉은 욕에 놀라서 어떤 말도 할 수 없었다. 어릴 적부터 욕하는 걸 매우 싫어했던 K가 소리 내어 욕을 했다는 건 엄청난 변화였고, 분명 좋지 않은 변화였다. 놀란 표정을 짓고 있는 날 외면하며 창밖으로 시선을 돌린 K가 혼잣말하듯 중얼거렸다.

"그딴 거, 이제 다 필요 없어."

어쩌면 K는 이제 표정뿐만 아니라 내면마저 황폐해졌는지도 몰랐다. 오랫동안 소중하게 키워왔던 꿈마저 완전히 메말라 죽었을 정도로.

*

K의 아버지는 길지 않은 투병 끝에 결국 숨을 거두었다. 그리고 그가 사업을 하면서 진 빚은 고스란히 K가 물려받게 되었다.

"학자금 대출 갚고 이제 숨 좀 쉬나 했더니, 젠장."

K는 운송 일 외에 틈틈이 배달 라이더로 일했고, 그렇게 버는 돈 대부분이 빚을 갚는데 들어갔다. 술은 이제 K의 유일한 위안이자 낙이 되었다. 점점 폭음이 늘었고, 알코올에 의존하는 경향을 보이기 시작했다. 그런 K가 걱정스러웠지만 K는 나의 걱정을 귀줏아들으려 하지 않았다.

K를 만나 술을 마시던 어느 날이었다. 그날은 내 소설이 안줏거리가 되었는데, 시간이 흐를수록 K의 태도가 평소와는 달라졌다. 술에 취한 목소리로 내 소설을 비판하고 무시했다. 난 듣기 거북했지만 술자리에서 정색하는 것도 웃긴 것 같아 농담조로 말했다.

"이제 글도 안 쓰는 주정뱅이한테는 보여주지 말아야겠다."

그런데 K는 예상치 못하게 크게 화를 냈다. 그렇게 무섭게 화를 낸 건 그전까지 본 적 없었다.

"네가 뭐 대단한 작가라도 되는 줄 알아? 씨발, 웃기고 있네. 형편없어, 이 새끼야!"

자리를 박차고 나간 K는 바로 다음 날 전화해서 미안하다고, 취해서 제정신이 아니었다고, 그건 절대 진심이 아니었다고 내게 사과했다. 나는 괜찮으니 신경 쓰지 말라고 했지만, 전화기로 전달되는 어색하고 불편해진 분위기는 어쩔 수 없었다.

그리고 며칠 뒤, K는 어처구니없는 사고로 너무나 허망하게 세상을 떠났다. 만취해서 늦은 밤 집으로 돌아가던 K는 골목길의 빙판에 미끄러졌고, 길바닥에 머리를 세게 부딪혀 정신을 잃었다. 몇 시간 후 환경미화원이 발견했을 때 K는 이미 저체온증으로 사망한 뒤였다.

K의 장례를 치르고 얼마 후, 나의 두 번째 소설집이 출간될 예정이었다. 난 K를 위해 무언가 하고 싶었고, 그래서 책의 앞머리에 K를 위한 헌사를 적어 넣었다. 하지만 최종 인쇄를 앞두고 망설여졌다. 갑자기 내 소설이 부끄럽게 느껴졌다. K와 함께할 땐 그런 생각이 들지 않았다. K의 진심 어린 칭찬과 조언은 내 소설에 빛을 더하고 반짝이게 했다. 하지만 K가 떠난 후 내 소설을 다시 읽었을 때, 그저 공허하고 부끄러울 뿐이었다. 부끄러운 책에 K의 이름을 적어선 안 될 것 같았다. 난 고민 끝에 문장을 삭제했다. 그리고 문득 그런 생각이 들었다.

K를 잃은 난 이제 다시는 소설을 쓰지 못할 것 같다고.

2.

오늘도 에든버러 하늘은 두툼해 보이는 잿빛 구름으로

가득했다. 습기를 머금은 눅눅한 바람이 계속 불었고 구름에선 곧 빗방울이 떨어질 것만 같았다. 에든버러에 도착한 어제부터 날씨는 계속 마음에 들지 않았다. 하지만 날씨를 탓한다고 달라지는 건 없었다. 난 아노락의 지퍼를 끝까지 끌어올리고 야구 모자를 눌러쓴 채 거리로 나섰다. 밖으로 나온 지 얼마 안 돼 빗방울이 한두 방울 떨어지기 시작했지만 우산은 펼치지 않았다. 비가 이 정도로만 내린다면 굳이 우산을 쓰지 않아도 될 것 같았다. 거리의 사람들도 그게 당연하다는 듯 우산을 쓰는 사람은 거의 없었다.

숙소에서 나오면 스콧 기념탑이 보인다. 불에 그을린 것처럼 새까맣고 기괴한 고딕풍 형태인 탑은 마치 오래된 흑백 SF 영화에 나올 것만 같은 우주선처럼 보였다. 그러고 보면 저 탑을 포함해 올드타운에 있는 건물의 외관은 대부분 어둡고 칙칙했다. 에든버러에 오기 전 머물렀던 도시에도 옛 건물들이 많았지만 여기와는 달랐다. 어쩌면 지역에 따른 석재와 기후의 차이일지도 몰랐다. 날씨와 건물이 만들어 내는 이곳의 풍경이 어제 처음 마주했을 땐 분명 우중충해 보였는데, 금세 눈에 익어 이제는 에든버러의 매력처럼 느껴지기도 했다.

회사에서 유럽 출장이 결정된 건 두 달 전이었다. 지금 진행하는 프로젝트와 관련하여 유럽의 유명 전통시장과 아케이드를 답사하는 출장이었는데, 이탈리아와 스페인, 네덜란드를 거쳐 영국에서 끝나는 10일간의 일정이었다. 일정의 마지막 도시가 런던이었다. 검색해 보니 런던에서 에든버러까지 버스로 갈 수 있다는 사실을 알게 되었고, 난 이번이 좋은 기회라고 판단했다. 그래서 회사의 허락을 받아 출장 기간 뒤에 개인 휴가 3일을 붙여 에든버러 방문을 결정했다. 동료가 굳이 에든버러에는 왜 가려 하냐고 물었을 때, 난 그냥 예전부터 꼭 한번 가보고 싶었던 도시라고 둘러댔다. 차마 죽은 친구 때문이라고 말할 수는 없었다.

K의 아버지가 돌아가시기 전만 해도 우리는 술 마실 때 종종 나중에 함께 해외여행을 가자고 얘기하곤 했다. 가까운 일본, 중국, 홍콩 등으로 시작해 언젠가는 유럽에도. 그때까지 둘 다 해외여행 경험이 없었기에 이야기를 나누는 것만으로도 우리는 흥분되고 설레었다. K는 유럽에 간다면 스코틀랜드에 꼭 가보자고 했다.

"스코틀랜드는 왜?"

"위스키의 본고장이잖아."

이제까지 살면서 마셔본 가장 좋은 위스키가 조니워커 블랙인 주제에 K는 위스키를 향한 쓸데없는 동경과 환상을 갖고 있었다. 그래서 스코틀랜드에서 스카치위스키를 마셔보는 건 그의 버킷리스트 중 하나였다.

"스코틀랜드면 어딜 가야 하지? 난 글래스고밖에 모르는데."

대학교 다닐 때 현대 건축사 시간에 배웠다. 찰스 매킨토시의 도시, 글래스고. 하지만 K는 오히려 글래스고는 모른다고 했다.

"야, 스코틀랜드 하면 에든버러지."

그때 난 K 덕분에 에든버러가 어디에 있는 도시인지, 어떠한 도시인지 처음으로 알게 되었다.

그렇게 서로 가고 싶은 여행지를 말하며 시시덕거리는 게 큰 재미이자 위안이었는데, K의 경제적 상황이 안 좋아지면서 여행 얘기는 할 수 없었다. 그리고 K가 허망하게 죽으면서 우리가 나누었던 얘기들은 그저 꿈 같은 술자리 잡담으로 끝나버리고 말았다.

K가 원했던 스코틀랜드 에든버러에는 결국 이렇게 나 혼자 오게 되었다. 아마 이번 출장이 아니었더라도 난 언젠가는 이곳에 오지 않았을까 싶다. K가 이루지 못한 소원을 대신 이루는 게 별 의미 없다는 걸 알고 있었지만, 이렇게라도 하지 않으면 마음이 영 불편할 것 같았다. 생각해 보면 난 K에게 받기만 했을 뿐 그를 위해 해준 게 아무것도 없었다.

그래서 난 오늘 이곳에서 K를 추억하고, 그리워하고, 그가 그토록 원했던 걸 할 것이다. 내가 K를 위해 해줄 수 있는 건 이것뿐이었다.

*

걷다 보니 어느덧 로열마일 거리였다. 프린지 페스티벌이 끝난 게 불과 지난주인데 거리는 당시에 가득했을 열기와 흥겨움은 온데간데없이 차분하고 조용했다. 분명 날씨 때문에 더 그렇게 느껴졌다.

난 어제 미리 봐 두었던 위스키 샵을 찾아갔다. 로열마일의 수많은 위스키 샵은 들어간 곳마다 진열된 위스키의 종류와 수가 압도되기에 충분했다. 선반마다 위스키가 빼곡히 들어찬 모습은 마치 책 대신 위스키로 채운 서점처럼 보였다. 나는 그중 응대가 가장 친절했던 샵을 다시 방문했는데, 점원도 나를 기억하고 반갑게 맞이해주었다.

"Could you recommend a whiskey? Gift for my friend. Not expensive."

어설픈 나의 영어를 다행히 잘 알아들었는지 점원이 고개를 끄덕이며 물었다.

"What type of whiskey does your friend like?"

"Ah…… Type?"

난 위스키는 전혀 몰랐다. 점원이 뭐라고 한참을 설명했지만 하나도 알아듣지 못했다. 영어를 알아들었어도 아마 이해하지 못할 내용이었을 것이다. 난 어색한 웃음을 지으며 잘 모르겠다는 표정만 지었다. 어차피 K도 제대로 마셔본 적이 없으니 위스키 종류 따윈 몰랐을 것이다. 점원은 잠시 난처한 표정을 지었지만, 이내 이리저리 진열장을 살피더니 위스키 몇 병을 꺼내왔다.

"These are the most popular whiskeys at affordable prices."

난 점원이 추천해 준 것 중 병 모양이 가장 예쁜 걸 선택했다. 큰 사이즈와 작은 사이즈가 있었는데 큰 건 가격이 꽤 비싸서 작은 것으로 결정했다.

"Your friend will definitely like it."

계산을 마치고 나가려는 나에게 점원이 엄지손가락을 들어 보이며 말했다. 난 아무 말 없이 미소만 지어 보이고 샵에서 나왔는데, 혹시나 내 미소가 서글퍼 보이진 않았을까 괜히 신경 쓰였다.

흩뿌리던 비는 어느새 그친 상태였다. 나는 아노락을 벗어 물기를 털어내고 작게 접어 가방에 넣었다. 깊게 숨을 들이마시자 깨끗하고 서늘한 공기가 폐 속으로 가득 들어와 기분이 상쾌해졌다. 가야 할 장소가 있었지만 아직 시간이 많으니 서두를 필요는 없었다. 나는 모자를 벗어 머리칼을 쓸어 넘기고 다시 모자를 눌러쓴 뒤 느린 걸음으로 거리를 걷기 시작했다.

"Excuse me."

관광객으로 북적이는 세인트 길 성당 앞을 지나고 있을 때 누군가 뒤에서 말을 걸었다. 뒤를 돌아보았더니 동양인 여자 한 명이 날 바라보고 있었다. 20대 중후반 정도로 보이는 그녀는 하얀색 컨버스 운동화에 짙은 색 청바지, 그리고 선명한 붉은색 맨투맨 티셔츠 차림이었다. 갈색 가죽으로 된 작은 크로스백을 메고 있었고, 손목에는 붉은색 우산이 걸려 있었다. 아마도 사진을 찍어달라는 부탁이겠지 싶었고, 그녀는 예상대로 혹시 사진을 찍어줄 수 있냐고 물었다. 난 특별히 바쁜 것도 없었기에 부탁을 수락했다. 그녀는 다행이라는 표정을 지으며 가방에서 스마트폰을 꺼내 내게 건네주었다. 가로등에 기대어 선 그녀는 우산을 지팡이처럼 짚은 채 자신의 뒤로 거리와 상점들이 나오게 찍어달라고 손짓으로 부탁했다. 나는 고개를 끄덕이고 구도를 이리저리 바꾸며 여러 장 찍어주었다. 사진 찍는 재주가 없어 괜히 자신이 없었는데, 스마트폰을 다시 돌려받은 그녀는 사진은 확인하지 않고 바로 가방에 넣으며 환하게 웃었다.

"Thank you."

난 어깨를 으쓱하며 반사적으로 you're welcome이라고 말하려 했다. 그런데 놀랍게도 그녀가 한국어로 조심스럽게 내게 물었다.

"혹시 한국인이신가요?"

살짝 독특한 억양이었다. 한국말을 잘하는 외국인의 억양. 난 예상치 못했던 갑작스러운 한국어에 놀랐다.

"아, 네. 한국 분이세요?"

에든버러에 온 후 한국어로 말한 건 처음이었고, 그래서 그런지 내 목소리가 마치 다른 사람의 목소리처럼 낯설고 어색하게 들렸다.

"아니요. 일본인이요."

"한국말 잘하시네요."

그녀는 다시 환하게 웃으며 전공 때문에 한국어를 공부했다고 했다. 웃을 때 길게 가늘어지는 눈이 매력적이었다. 오른쪽 눈 끝에 작은 점이 있었는데, 작지만 굉장히 진하고 선명한 갈색 점이었다.

"무슨 전공인데요?"

"아시아 문학이요. 그래서 한국어와 중국어를 공부했어요."

난 감탄하며 입을 벌렸지만 아마 실제로 소리를 내진 않은 것 같았다. 문학을 전공했다는 말에 왠지 모를 친근함이 느껴졌다. 그녀에게 나도 소설을 쓰고 있다고 말할까 하다 알려진 소설가도 아니기에 괜히 대화가 어색해질 것 같아 그만두었다.

"여행 중이신가요?"

그녀의 물음에 나는 그냥 그렇다고 대답해 버렸다. 이유를 자세히, 그리고 있는 그대로 설명하기는 어려웠다. 언제까지냐고 묻는 그녀에게 내일 한국으로 돌아간다고 했고, 그녀는 고개를 끄덕이며 아, 하고 탄식 같은 소리를 짧게 냈지만 별다른 말은 더 없었다. 침묵이 흘렀다. 그녀와 대화를 이어가고 싶었지만 말주변이라곤 없어 그저 말없이 가만히 있었다. 이대로 인사를 해야 하나 싶었을 때, 그녀가 잊고 있던 게 갑자기 생각났다는 듯한 표정으로 말했다.

"아, 저도 사진 찍어드릴게요."

나는 그녀에게 스마트폰을 건네주었다. 그리고 어색한 표정과 자세로 그녀 앞에 섰다. 그녀는 나보다 더 적극적이고 다양한 구도로 여러 장을 찍어주었다. 그런 그녀의 모습을 보며 사진은 저렇게 찍어야 하는구나, 생각이 들었다. 스마트폰을 내게 돌려준 그녀는 다시 가늘어진 눈으로 미소 지으며 말했다.

"남은 여행도 즐겁게 보내시고요. 그럼, 행운을 빌어요."

행운을 빌어요, 라니. 이제까지 누군가와 헤어지면서 행운을 빈다는 인사는 들은 적도, 해본 적도 없었다. 분명 독특한 인사였다. 그녀만의 인사법인지도 몰랐다. 그녀는 내가 걸어온 방향으로 빠르게 멀어져 갔다. 나는 한참 동안 그녀의 뒷모습을 바라보았다. 검은색 단발머리, 하얀색 운동화, 그리고 붉은색 티셔츠와 우산. 그녀의 색채는 어둡고 빛바랜 풍경 속에서 선명한 작은 점이 되어 내 시야에서 천천히 사라져 갔다.

그렇게 멍하니 서 있는데 불현듯 예전에 K와 함께했던 밤이 떠올랐다. 그건 분명 그녀의 마지막 말 때문이었다.

행운을 빌어요.

*

그날 밤 K와 나는 항상 만나는 단골 주점의 창가 자리에 앉아 있었다. 창밖으로 보이는 은행나무의 노란 단풍이 가로등의 주황빛에 의해 더 짙고 선명하게 보였던 기억이 난다. 우리는 매번 그랬듯 두부김치를 시켜놓고 소주를 마셨다. 주점의 두부김치는 두부의 양보다 볶은 김치의 양이 훨씬 많아서 두부를 다 먹고 나면 으레 소면 사리를 추가해 비벼 먹곤 했다. 그때도 두부는 벌써 다 먹고 사리를 주문한 상태였고, K는 이미 소주도 두 병이나 마셔 얼큰하게 취기도 올라온 상태였다.

"아, 참 좆 같다."

이제는 욕이 너무나 자연스럽게 입에 붙은 K였다. 당시 K는 술이 어느 정도 취하면 꼭 술주정처럼 푸념을 늘어놓곤 했다. 어쩌다 이렇게 됐을까. 뭘 해도 똑같아. 인생 개같다. 뭐 그런 말들. K의 힘든 상황을 모르는 건 아니었지만 너무 비관적인 말들이라 듣고 있으면 짜증이 나기도 했다. 오늘도 역시나 시작인가 싶어 한마디 하려던 찰나, K가 잔에 가득 담긴 소주를 단번에 마시고 미간을 잔뜩 찌푸리며 말했다.

"너, 데우스 엑스 마키나 알지? 글 쓰는 작가라면 알아야지."

갑자기 무슨 소리인가 싶어 그건 왜, 라고 시큰둥하게 반응했다. K는 두 손을 허공에 휘저으며 말했다.

"사는 게 참 좆 같아서 말이지, 이건 내가 아무리 뭘 해도 바뀌지 않는단 말이야. 똑같아. 내 힘으로는 어떻게 해도 안 된다고. 그런데 어느 날 갑자기 내 앞에 데우스 엑스

마키나, 그런 절대적인 존재가 짠 하고 나타나는 거야. 기왕이면 여신이 좋겠다. 그녀가 나타나서 이렇게 말해. 내가 당신을 도와줄게요. 그러고는 내게 키스를 하지. 따뜻하고 부드러운 입술로. 그러면 모든 문제가 마법처럼 깔끔하게 해결되는 거야. 어때?"

"웃기고 있네. 어떻긴 뭐가 어때. 말도 안 되지. 그건 그냥 인생 리셋이잖아. 그런 일이 너한테 일어나겠냐?"

내 말에 K는 고개를 주억이며 키드득거렸다.

"맞아. 그런 행운이 나한테 일어날 리가 없지. 아무렴."

K는 빈 잔을 내게 향했다. 난 가만히 잔을 채워주었다.

"그런데 말이야 친구야, 사람이 너무 막막하면, 도저히 어쩔 수 없는 상황에 놓이면 나도 모르게 기다리게 된다? 그런 말도 안 되는 행운을. 오지 않을 걸 알면서도."

이미 황폐해진 그의 마음속 풍경은 그런 기적 같은 행운이 아니면 다시 회복될 수 없는 건지도 몰랐다. 난 K를 빤히 바라보았다. K도 날 보더니 배시시 웃었다. 부쩍 건조하고 쓸쓸해진 K의 표정이었지만 술에 취해 저렇게 웃는 순간만큼은 어릴 적처럼 너무나 순박해 보였다. 난 K가 다시 이렇게 자주 웃을 수 있기를 바랐다.

"그래, 까짓거 한번 빌어보자. 행운을 비는 게 뭐 잘못된 건 아니잖아?"

K에게 술잔을 내밀며 내가 말했다. K는 건배 후 가득 찬 소주를 또 한 번에 비워 냈다. 그러고는 살짝 풀린 눈으로 허공을 응시했다. 천장에 대롱대롱 매달린 촉 낮은 전구가 K의 눈동자 속에서 희미한 희망처럼 어슴푸레 반짝였다. 그 모습은 너무나 애처롭고 안타까워 보였다. 나는 천천히 좀 마시라고 나무라면서도 다시 그의 빈 잔에 소주를 채워주었다. 내가 K를 위해 할 수 있는 건 이것뿐이었다. 함께 술잔을 비우고, 빈 술잔을 채워주는 것.

그날 밤 우리는 그렇게 다가오지 않을 행운을 빌며 계속해서 술잔을 기울였다. 그리고 얼마 후 겨울이 왔을 때, K에겐 그토록 기다리던 행운 대신 누구도 원치 않았던 불행이 찾아왔다.

3.

계속해서 강하게 부는 바람에 하늘의 구름이 회색빛 탁류처럼 한 방향으로 빠르게 흘러갔다. 이따금 흘러가는 구름 사이로 파란 하늘이 가늘게 모습을 드러내기도 했지만 구름은 이내 다시 하늘을 덮어버렸다. 난 계속해서 올드타운을 무작정 걸어 다녔고, 그러다 힘이 들면 카페에 들어가 따듯한 커피를 마시며 잠시 쉬었다. 그리고 체력이 회복되면 다시 걸었다. 우연히 발견한 문구점에선 정작 보낼 곳 없는 엽서와 카드를 사기도 했다. 거리를 돌아다니며 혹시라도 아까 그녀를 다시 만나진 않을까 두리번거렸지만, 선명한 붉은 색이 시야에 들어오진 않았다.

그렇게 한참을 걸어 다니다 태양이 서쪽 하늘에서 서서히 모습을 감추려 할 때쯤 마침내 칼튼힐에 올랐다. 그리 높지 않은 언덕이지만 이곳에선 사방으로 에든버러의 멋진 전경이 막힘없이 보였다. 과거와 현대가 조화를 이룬 도시의 스카이라인, 거대한 바위 위에 자리 잡은 에든버러 성, 그리고 하늘을 향해 완만한 경사를 이루는 아서스 시트의 모습까지. 칼튼힐에서 마주한 고풍스러운 에든버러의 풍경은 어쩐지 쓸쓸하고도 신비롭게 보였다. 도시 어딘가에서 현재와 중세의 판타지가 혼재하고 있을 것만 같았다.

도시가 한눈에 보이는 적당한 위치를 골라 잔디밭 위에 주저앉았다. 날이 저물기 시작하면서 느껴지는 한기에 접어서 넣어두었던 아노락을 꺼내 다시 입어야만 했다. 그리고 오전에 산 위스키와 숙소에서 챙겨온 유리잔 두 개도 가방에서 꺼냈다. 위스키의 뚜껑을 열고 잔에 조금씩 따라 한 잔은 잔디밭 위에 두고 한 잔은 내가 들었다.

"보이냐? 여기가 에든버러다. 그리고 이건 스카치위스키."

잔디밭 위에 놓인 잔에 들고 있던 잔을 가볍게 부딪치고 위스키를 마셨다. 부드럽고 묵직하면서도 독특한 향이 식도를 타고 흘러내려 가더니 이윽고 가슴 속에서 후끈한 기운이 느껴졌다.

"그렇게 원했잖아, 스코틀랜드에서 마시는 스카치위스키. 마음에 들어?"

난 빈 잔을 다시 채우고 K와 대화를 나누듯 이런저런 말을 중얼거리며 위스키를 조금씩 홀짝거렸다. 지나가던 관광객들이 가끔 흘끔거렸지만 난 애써 무시했다. 잔을 채우고 비우길 반복하다 보니 어느새 위스키는 절반 이상 줄어들었다. 얼굴이 화끈거리고 몸이 붕 뜬 듯 정신이 몽롱해지기 시작하는 게 느껴졌다.

난 유리잔 속 투명한 연갈색 빛 액체를 한참 동안 멍하니 바라보았다. 미신을 믿는 건 아니었다. 영혼의 존재도 딱히 믿진 않았다. 하지만 꼭 이렇게 하고 싶었다. 부질없는 짓일지도 모르지만 이 순간만큼은 K가 나와 함께 있다고, 내 옆에 앉아 서서히 어둠이 내리는 에든버러의 풍경을 함께 바라보며 위스키를 마시고 있다고 믿고 싶었다.

"네가 없으니까 어떻게 해야 할지 모르겠어."

K와 함께 있다고 느껴서일까. 나도 모르게 투정 부리듯 속마음이 나와버렸다. K가 죽고 두 번째 소설집을 발표했을 때 난 이제 소설을 쓰지 못할 것 같다고 생각했다. 그래서 서점의 글쓰기 모임도 그만두었다. 그렇게 소설 쓰기와 멀어지나 싶었는데, 그렇지 않았다. 미처 깨닫지 못한 사이 소설 쓰기는 내 삶의 일부가 되어 있었다. 내가 창조한 소설 속 세계로 도망가지 못하면 지루하게 반복되는 하루하루를 견딜 수가 없었다. 어떻게든 소설을, 소설과 비슷한 무엇을 계속해서 써야만 했다.

글쓰기 모임에서 다른 사람들처럼 에세이나 시가 아닌 소설을 쓰기 시작한 건 분명 K 때문이었다. K 덕분에 소설을 좋아하게 되었고, 소설에 친숙해질 수 있었다. 처음 소설을 쓴다고 했을 때 K는 진심으로 반가워하며 응원해 주었다. 내 소설을 누구보다 좋아해 주었다. 그래서 난 용기를 내 계속 소설을 쓸 수 있었다. 만약 K가 시큰둥한 반응을 보였거나 내 소설을 비판했다면 난 아마 소설 쓰기를 그만두었을지도 모른다. K가 있었기에 내 소설은 완결될 수 있었다.

하지만 이제 K는 내 곁에 존재하지 않고, 그렇기에 내 소설은 불완전했다. 미숙하고 부족했다. 그저 나 혼자만을 위한 소설, 누구에게도 보여줄 수 없는 소설이었다. 누구에게도 닿지 못하는 소설이라면, 그 소설은 과연 의미가 있을까? 그런 소설을 쓰는 작가를 작가라고 할 수 있을까?

"이게 다 너 때문이야. 그렇게 갑자기 가버리면…… 모든 게 엉망이 되어버렸어."

난 얼마 남지 않은 위스키를 모두 잔에 따르고 한 번에 들이켰다. 뜨거운 기운이 목구멍으로 솟아오르는 것 같아 눈을 질끈 감았다. 잔디밭에 내려놓았던 잔의 위스키는 주변에 뿌렸다. 자리에서 일어나니 이미 어둑해진 도시에 희미하게 반짝이는 노란 불빛들이 보였다. 다시 빗방울이 떨어지기 시작했고 대기의 온도는 빠르게 차가워졌다. 몸을 잔뜩 움츠려 보았지만 몸속까지 파고드는 한기를 막을 수는 없었다. 위스키 때문인지 두통이 있었고, 나는 조금은 비틀거리는 걸음으로 언덕길을 내려왔다.

*

숙소에 도착했지만 방으로 바로 들어가지 않고 숙소 앞 작은 중정의 벤치에 몸을 던지듯 털썩 앉았다. 어지러웠고 심장 박동이 이상할 정도로 크게 느껴졌다. 숙소까지 오는 길에 몇 번이고 주저앉아 쉬고 싶은 유혹을 참아야만 했다. 평소 마시지 않던 독주에 내 몸은 이미 무너지기 일보 직전이었다. 차가운 부슬비가 내렸지만 난 우산을 쓸 생각도 하지 않고 벤치에 앉아 눈을 감은 채 심호흡을 하며 정신을 차리기 위해 애썼다.

얼마나 그러고 있었을까. 인기척이 느껴져 눈을 떠보니 내 머리 위에 씌워진 우산이 보였다. 조명이 희미했지만 붉은 우산인 걸 알 수 있었다. 왼쪽으로 고개를 돌리니 낮에 만났던 그녀가 내 옆에 앉아 우산을 들고 있었다. 사고의 속도가 현저히 느려진 난 이게 어떤 상황인지 쉽게 이해되지 않았다. 입을 반쯤 벌린 채 멍청한 표정을 짓고 있는 날 보며 그녀가 말했다.

"이런 날 비 맞으면 감기 걸려요."

독특한 억양. 낮에 들었던 게 기억났다. 그녀의 목소리를 들으니 이리저리 흩어져 있던 의식이 그제야 제자리를 찾기 시작했다. 숨을 고르고 겨우 목소리를 내어 그녀에게 이 숙소에 묵고 있냐고 물었다. 내 목소리는 마치 물속에서 말하는 것처럼 선명하지 않고 모호하게 울렸다. 그녀는 고개를 가로저었다. 그렇다면 왜 여기에 있는 거냐고 묻고 싶었는데, 날 바라보는 그녀를 보니 이상하게도 입 밖으로 질문이 나오질 않았다.

"괜찮으세요?"

조금은 걱정스러운 표정의 그녀가 물었다. 난 어떻게

말해야 할까 고민하다 그냥 솔직하게 말하기로 했다.

"그냥 두통이 살짝. 위스키를 조금, 아니 적지 않게 마셨거든요. 친구가 이곳에서 꼭 해보고 싶었던 거라서."

앞뒤 이야기가 잘린 불충분한 설명이었지만 그녀는 고개를 끄덕였다. 마치 모든 걸 다 알고 있다는 듯이.

"분명 친구도 좋아했을 거예요."

난 그녀를 물끄러미 바라보았다. 어두워서 그런지 오른쪽 눈 옆의 점이 더 진해 보였다.

"그랬다면 다행이고요."

지금은 몇 시쯤일까. 중정은 이상하게 고요했다. 어젯밤에는 분명 1층 라운지에서 흘러나오는 요란한 음악 소리로 가득했었는데. 난 주변을 둘러보았다. 우리 둘 외에는 아무도 보이지 않았다. 비에 젖어 유리처럼 반들거리는 바닥에 창으로 새어 나온 불빛이 반사되어 반짝였다. 어딘가 현실감이 부족해 보이는 풍경이었다.

"사실, 전 소설을 쓰고 있어요."

갑작스러운 말이었지만, 왠지 그녀에겐 말해도 괜찮다는 생각이 들었다. 이유는 알 수 없지만 주변을 둘러싼 공기의 온도와 질감, 그리고 그녀의 표정은 모든 걸 다 받아줄 것 같았다.

"그렇다고 유명한 작가는 절대 아니고, 그냥 아마추어

예요. 혼자 좋아서 쓰고, 혼자 좋아서 책 내는 무명작가."

그녀는 가만히 듣고만 있었다. 난 어깨를 으쓱했다.

"그런데 지금은 잘 모르겠어요. 제가 쓰는 이야기에 이제 자신도 없고, 누구에게도 보여줄 수 없을 것 같아요. 무엇보다, 소설을 쓸 때 의지가 되던 친구도 떠나버렸고요."

말해 놓고 보니 부끄러웠다. 자신이 쓰는 소설에 당당하지 못한 어리석고 외로운 작가가 신세를 한탄하는 이야기였다. 그녀는 천천히 고개를 끄덕였다.

"그래도 계속 쓰세요. 자신도 그럴 거라는 걸 잘 알잖아요."

그녀는 시선을 먼 곳으로 옮기고 차분한 목소리로 말했다.

"K도 분명 그렇게 말했을 거예요."

난 그녀를 바라보았다. 그녀도 날 바라보았다. 그녀의 입꼬리는 살며시 올라갔고 두 눈은 가늘었다. 밤하늘 초승달 같은 아름답고 신비로운 미소였다. 비는 소리도 없이 계속 내렸고, 우산에서 어깨 위로 떨어지는 물방울은 무게도, 온도도 느껴지지 않았다.

"지금 이 순간은, 환상인가요?"

나의 질문에 그녀는 고개를 살짝 갸웃거렸다. 그리고 우산을 잡지 않은 손으로 눈가를 천천히 어루만졌다. 그녀의 동작은 미소처럼 매우 우아하고 고요했다.

"현실이든 환상이든 그건 중요하지 않아요. 중요한 건 이 순간을 믿는 거예요."

나를 향해 몸을 살며시 돌린 그녀가 우산을 바꿔 잡고 내 왼손 위에 살포시 자신의 오른손을 올려놓았다. 포근하고 다정한 온기가 느껴졌다.

"그러면 당신의 이야기가 되니까."

그녀는 내게 몸을 기울여 내 입술에 키스했다. 짧지만 강렬하게 느껴진 입술의 감촉은 따듯하고 부드러웠다. 그녀의 키스를 받은 순간 나의 의식은 무수한 파편으로 나뉘어 흩어졌다 다시 합쳐졌다. 그리고 지금까지의 장면들이 눈앞을 빠르게 스쳐 갔다. 퇴근 후 책상에 앉아 졸린 줄도 모르고 소설을 썼던 새벽. 인쇄를 마치고 처음 손에 쥐었던 내 첫 책. SNS에 올라온 내 소설의 후기. 책의 첫 장에 사인하는 떨리는 나의 손. 소주잔을 기울이며 더 나은 소설을 쓰겠다고 다짐했던 단골 주점의 창가 자리. 그리고 그 모든 순간 나와 함께 기뻐하고 응원해 준 K의 모습.

K는 기다렸다. 막막하고 절망적인 상황을 마주했을 때 모든 문제가 마법처럼 해결되는 행운의 순간을. 지금 이 순간은 K가 그토록 기다리던 그 순간이었다. 그리고 분명 나에게도 필요한 순간이었다. 자신감을 잃고 방황하는 작

가에게도.

"이제 어떻게 되는 거죠?"

"글쎄요. 그건 저도 알 수 없어요. 많은 것이 변할 수도, 변하지 않을 수도 있어요. 그건 당신에게 달려있어요."

벤치에서 일어난 그녀는 우산을 내게 건네었다. 나는 아무 말도 하지 못하고 그저 멍하니 우산을 받았다. 가벼운 고갯짓으로 인사한 그녀가 말했다.

"그럼, 행운을 빌어요."

그녀는 몸을 돌려 빗속을 걸어갔다. 멀어지는 붉은색이 어둠 사이로 천천히 스며들더니 이내 사라졌다. 나는 우산을 든 채 한참 동안 미동도 없이 그녀가 사라진 어둠을 응시하다 눈을 감았다.

*

눈을 떴을 때 낯선 듯 익숙한 하얀색 천장이 보였다. 얼마간 시간이 흐르고 나서야 난 침대 위에 누워 있다는 사실을 깨달았다. 고개를 들어보니 잠잘 때 입는 티셔츠에 반바지 차림이었고, 어제 입었던 옷은 의자 등받이에 걸려 있었다. 그리고 의자 옆에 붉은색 우산이 기대어 서 있었다.

난 잠시 그대로 누워 눈을 감고 어젯밤 내가 겪었던 일을 떠올리려 노력했다. 하지만 생각하면 할수록 머릿속이 복잡했다. 현실과 비현실이 뒤죽박죽이었다. 그녀를 만난 건 분명 꿈이었겠지? 그런데 저 우산은 도대체 어디서 났을까? 벤치에 앉아 있었던 건 현실이었을까? 아니면 칼튼 힐에서 내려와 바로 방으로 들어온 뒤 잠든 것일까? 그 무엇도 분명하지 않았다.

그런데 다시 생각해 보니 아무래도 상관없었다. 어젯밤 그녀가, 아니 어쩌면 그녀의 모습으로 나타난 나의 무의식이 했던 말처럼 현실이든 환상이든 그건 중요하지 않았다. 중요한 건 믿는 것이다. 깊고 단단하게 믿을 수 있다면 그건 분명, 선명한 나의 이야기가 된다.

가방을 열어보니 비어있는 위스키병이 있었다. 난 병을 꺼내 두 손으로 천천히 어루만졌다. 그래. K라면 분명 그렇게 말했겠지. 쓸데없는 고민 말고 계속 쓰라고. 네가 원해서, 네가 좋아서 쓴 소설 아니냐고. 그거면 충분하다고. 난 여행 가방의 옷 사이에 위스키병을 조심스럽게 넣으며 혼잣말처럼 중얼거렸다.

"네 말이 맞아. 계속 쓸게. 어떻게든."

식당에서 아침을 먹고 체크아웃을 한 뒤 거리로 나왔다. 바깥은 어제와는 완전히 다른 풍경이었다. 거리의 물웅덩이는 햇살로 반짝였다. 거리 건너편 스콧 기념탑이 파란 하늘을 배경으로 서 있는 모습이 너무나 어색해서 나도 모르게 웃음이 나왔다.

공항으로 가는 버스를 타기 위해 정류장으로 가던 중 한 상점의 유리창 너머 진열된 붉은색 캐시미어 스웨터가 보였다. 잠시 멈춰 서서 그 옷을 바라보다 손가락으로 입술을 살며시 만져보았다. 어젯밤 키스의 감촉만큼은 실제였던 것처럼 지금도 생생하게 느껴졌다. 그리고 독특한 억양의 그녀 목소리가 어딘가에서 들리는 듯했다.

그럼, 행운을 빌어요.

그녀는 지금쯤 어디에 있을지 궁금했고, 꼭 다시 만나보고 싶었다. 다른 이유는 아니고, 그저 고맙다는 말을 해주고 싶었다. 하지만 그런 일이 일어날 가능성은 아무래도 거의 없다. 난 스웨터를 향해 가볍게 인사를 하고 나서 붉은색 우산으로 가볍게 도로를 두드리며 다시 정류장으로 걷기 시작했다.

경수의 다림질

경수의 표정은 행복해 보였다. 다림질과 LP 음악, 그리고 밝은 햇살. 단지 이것만으로도 경수는 충분히 행복할 수 있었다. 그런데도 이게 필요 없다고 했던 그때 경수의 마음은 과연 어떠했던 것일까. 얼마나 메마르고 황폐했던 것일까.

경수의 다림질

"근데, 너 걔랑 지금도 같이 살아?"

아픈 몸에도 불구하고 할 수 없이 다시 일을 시작했다고 온갖 푸념을 늘어놓던 친구가 뜬금없이 물었다. 나는 거리에 드리워진 가로수 그림자를 멍하니 보던 중이었다. 바람이 강하게 부는지 그림자가 크게 흔들렸는데 그 모습에 왠지 모르게 눈길이 갔다. 고개만 살짝 돌려보니 친구는 전화기에 시선을 고정한 채 오른손 엄지손가락을 연신 위로 튕겨내고 있었다. 또 인스타그램을 보고 있겠지. 친구는 중독에 가까울 정도로 시도 때도 없이 인스타그램을 확인했다. 다른 사람들이 어디를 가고 무엇을 먹고 어떤 옷을 입는지를 보며 부러워했다. 전후 사정은 철저히 가려지고 제거된 채 순간의 작은 이미지만으로 표현되는 즐거움과 화려함을 바라보며 지금 자신에게 부재한 것을 확인하는 일. 그건 그녀에게 자신의 현재 상황과 채워지지 못한 욕망을 깨닫는 일이기도 했다.

질문은 던져놓고 관심 없다는 듯 심드렁한 표정으로 화면만 보고 있었지만 난 친구가 사실 내 대답을 정말로 궁금해하고 있다는걸, 그리고 그 대답이 "응, 아직도 같이 살고 있어."이길 원한다는 걸 잘 알고 있었다. 내가 경수와 동거를 하고 있다는 사실을 알고 나서 친구는 나를 만날 때마다 매번 그 사실을 확인했다.

"응."

난 짧게 대답했다. 전에 물어봤을 때의 상황과 달라진 게 없으니 덧붙일 말도 없었다. 친구도 그 정도면 충분하다는 듯 그저 고개만 끄덕였다. 한 음절의 대답만으로 내 근황은 모두 파악했을 것이다. 여전히 나아지지 않은 나의 경제적 상황과 그래서 진작 헤어진 전 남자 친구와 어딘가 이상한 동거 생활을 계속 유지하고 있다는걸.

친구에게 난 여전히 생각 없고 비전 없는 아이였다. 하지만 그렇다고 내게 비난에 더 가까운 충고나 조언은 하지 않았다. 내 삶을 존중해서는 아니었다. 나는 계속 그렇게 남아있어야 했다. 그래야지만 자신이 나보다 그나마 조금 더 우월한 상황에 있다고 느낄 수 있기 때문이었다. 경제적으로든, 아니면 도덕적으로든. 친구의 질문은 그것을 확인하는 행위였다. 그러한 의도를 처음 깨달았을 땐 어이가 없으면서 화도 나고 자존심도 무척 상했다. 하지만 이제는 인스타그램에서 느낀 허탈감과 박탈감을 고작 나보다 우월한 위치에 있다는 것으로 조금이나마 보상받으려 하는 그녀의 삶도 나와 별반 다를 게 없다고 느껴졌다. 그저 가엾고 안타까웠다. 그리고 어쨌든 친구는 내가 일을 할 수 있게끔 도와주기도 했으니 굳이 자극하고 싶지 않았다.

　인스타그램을 보는 것도 지겨운지 전화기를 내려놓고 유리잔 안의 얼음을 빨대로 천천히 돌리는 친구의 얼굴은 무표정했다. 하지만 살짝 비죽이는 입술에선 넌지시 드러나는 안도감과 만족감을 느낄 수 있었다. 난 다시 시선을 창밖으로 돌렸다. 바람이 멈추었는지 그림자는 움직임 없이 고요했다. 거리에는 행인도 없어 창으로 보이는 풍경은 조금은 서늘하고도 낯설어 보였다. 친구는 별안간 화제를 바꾸어 새롭게 시작한 일 때문에 그나마 조금 나아졌던 허리 디스크가 다시 도졌다며 떠들기 시작했다. 하지만 난 귀 기울이지 않은 채 날카로운 햇살이 만들어 내는 선명한 그림자의 경계만 무심하게 바라볼 뿐이었다.

*

 나와 경수는 취업을 준비하는 스터디 모임에서 만났는데, 우리는 서로가 비슷하다는 걸 금세 알아차렸다. 모임의 평균 연령을 올리는 서른을 앞둔 나이. 변변치 않은 지방 사립대를 졸업해 별다른 스펙도 없이 대기업 취업을 목표로 무턱대고 서울로 올라온 무지함과 무모함. 어떻게든 숨기고 가리려 하지만 몸에 배어버린 냄새처럼 어쩔 수 없이 드러나는 가난함과 촌스러움. 처음엔 서로를 애써 무시하려 했지만 비슷함은 자연스럽게 동질감으로 이어졌고, 시간이 지나며 호감으로 변했다. 경수는 어땠는지 모르겠지만 사실 내가 경수에게 호감을 느낀 건 나와 비슷하면서도 다른 점이 느껴졌기 때문이었다. 어렴풋이 느껴지는 그것이 당시에는 무엇인지 정확히 알 수 없었고, 그래서 더 호기심이 생기고 끌렸다. 그러다 결국 우리는 사귀는 사이가 되었다.
 그리고 얼마 되지 않아 우리는 동거를 시작했다. 가장 큰 이유는 각자의 주거비와 생활비를 조금이라도 아껴보기 위해서였다. 당시 내가 살던 보증금 오백만 원에 월세 사십만 원짜리 원룸은 오래된 다가구 주택을 무허가로 쪼개고 증축하여 만든 곳이었다. 한 층에 한 가구가 있어야 할 공간을 세 개의 원룸으로, 그것도 날림으로 만들었으니 겉으로 드러난 형태도 볼품없었고 기능적으로도 제대로 된 게 하나도 없었다. 전기와 상하수도는 시도 때도 없이 말썽을 일으키기 일쑤였고, 비가 조금이라도 많이 오면 창틀과 벽 틈 사이로 물이 스며들었다. 방음도 형편없어서 옆방 사람의 일거수일투족을 훤히 알 수 있을 정도였다. 거지 같다는 말이 절로 나오는 열악한 집이었지만 비슷한 월세 수준에서 더 나은 집을 구하는 게 쉽지 않았기에 그저 참고 견뎠다. 저렴한 이율의 청년 대상 전월세 대출을 이용하는 걸 생각 안 해본 건 아니지만 이미 학자금 대출도 있는 마당에 빚을 더 늘리고 싶진 않았다. 그건 경수도 마찬가지여서 경수는 보증금 없이 월세만 삼십만 원을 내는 낡은 고시원의 창문도 없는 방에서 지냈다. 그에 비하면 내가 지내는 방은 그나마 나은 건지도 몰랐다. 적어도 창문은 있었으니까. 비록 북향에다가 창문을 열면 보이는 풍경이라곤 맞은편 건물의 붉은 벽돌뿐이었지만.

어느 날 내 집에서 소리를 안 내도록 애쓰며 섹스를 한 후 우리는 나란히 누워 멍하니 천장을 바라보고 있었다. 어느 순간부터 옆방 여자가 전화로 엄마와 싸우는 소리가 들리기 시작했다. 엄마, 이번 달 생활비가 아직 입금 안 됐어…… 나도 지금 열심히 준비하고 있다고…… 여태까지 공부한 게 얼만데 포기해…… 그럼 나보고 어떻게 하라고, 길바닥에서 잘까. 점점 높아지던 여자의 목소리는 어느새 신경질적으로 날카로워졌다. 우리는 일부러 엿듣고 있는 것도 아닌데 숨소리도 괜히 조심스러웠다. 전화 통화가 끝났는지 다시 고요해졌고, 나는 혼잣말처럼 속삭였다.

"돈 없으면 정말 이런 집에서 살아야만 하는 걸까?"

"아마도, 서울에선?"

난 만약 서울로 오지 않고 지방에 그대로 머물렀다면 과연 더 좋은 환경에서 살 수 있었을지 잠시 생각해 보았다. 물론 환경은 지금보다 조금이라도 나았을 것이다. 아무래도 집값은 훨씬 저렴할 테니까. 하지만 그게 전부다. 더 나아질 가능성이 그곳엔 희박했다. 일자리도 부족하고, 무엇보다 사람이 없었다. 그건 가난을 벗어날 기회도 부족하단 걸 의미했다. 그렇기에 어떻게든 기회를 찾아야 했고, 어쨌든 기회가 가장 많은 건 서울이었다.

"만약 우리 둘이 내는 월세를 합친다면, 그래도 여기보단 크고 나은 집을 구할 수 있지 않을까? 그럼 둘이 같이 지낼 수도 있잖아."

그렇게 내가 농담 반 진담 반 동거를 제안했을 때, 경수는 잠시 고민하다가 괜찮은 생각이라며 동의했다. 그리고 우리는 얼마 뒤 경수가 소중히 모아놓은 전 재산 오백만 원을 합쳐 보증금 천만 원에 관리비 포함 월세 오십만 원인 오래된 투룸 주택을 구했다. 가격이 가격인지라 위치는 좋을 수 없었다. 지하철역에서 한참 멀었고, 마을버스도 집 근처까지는 다니지 않았으며, 오르고 나면 숨이 가빠지는 가파른 언덕 위였다. 그래도 좋은 점이 하나 있긴 했는데, 집이 높은 곳에 있다 보니 앞이 탁 트여 채광 하나만큼은 기가 막히게 좋았다. 이 집으로 결정한 가장 큰 이유였다.

"고시원에 창문 있는 방이 있거든. 그 방은 월세가 십만 원 더 비싸. 햇빛은 공짜고 누구에게나 공평한 줄 알았는데, 그곳에선 그렇지가 않아."

그러고는 주택의 창문 개수로 세금을 매기던 옛날 영국의 얘기를 해줬다. 창문이 많은 큰 저택에 사는 부자들에게 더 많은 세금을 징수하기 위한 목적의 제도였는데, 임대주택 건물주들이 세금을 줄이려 창문을 모두 막아버린 탓에 정작 세 들어 사는 가난한 사람들만 햇빛도 들어오지 않는 집에서 살게 되었다는 얘기였다.

"옛날부터 풍부하고 화사한 채광은 부의 상징이었던 거야. 그리고 지금도 그건 변함이 없어. 가난하면 햇빛을 얻기 위해 다른 걸 포기해야 해."

새롭게 이사한 집에는 집 크기와 어울리지 않는 꽤 널

찍한 남향의 베란다가 있었다. 전에 살던 사람이 창고처럼 사용했는지 벽과 바닥에 곰팡이와 찌든 때가 가득했다. 경수는 이 공간이 마음에 든다며 다른 곳보다 더 신경 써 청소하고 손수 페인트칠까지 해서 나름 근사한 공간으로 바꿔 놓았다. 우리는 햇볕이 좋은 날이면 베란다에 나란히 쪼그려 앉아 느긋하게 시간을 보내곤 했다. 그럴 때마다 경수는 눈을 지그시 감고 정말 행복한 표정을 지었다. 마치 풍부하고 화사한 채광을 누리는 부자라도 된 것처럼.

"이게 이렇게 좋은 거였구나."

경수는 그동안 십만 원이 없어 누리지 못했던 햇볕의 따스함과 포근함을 이제라도 마음껏 누리려는 듯 틈만 나면 베란다를 애용했다.

*

동거를 시작한 후 그 전엔 몰랐던 경수의 취미를 알게 되었는데, 그중 하나가 중고 LP 수집이었다. 아르바이트를 서너 개씩 해도 항상 턱없이 부족한 주머니 사정이었지만 경수는 서울에 올라온 뒤부터 매달 회현역 지하상가와 황학동 풍물시장을 부지런히 다니며 중고 LP를 적어도 한두 장씩 꼭 샀다. 아무리 중고라지만 LP 가격은 보통 일이만

원 이상이었고, 아주 가끔이지만 사오만 원이 넘는 걸 사기도 했다. 난 그런 경수를 보며 기본적인 삶을 영위하기도 빠듯한 상황에 너무 사치스러운 취미 아닌가 생각이 들었다. LP를 사는 것보단 저축하거나 아니면 소액이라도 주식 투자 같은 걸 하는 게 나을 텐데. 물론 생활비와 데이트 비용은 문제없이 분담했으니 이런 생각을 굳이 드러내진 않았다. 하지만 경수는 나의 이런 생각을 읽기라도 했는지 마치 부끄러운 고백을 하듯 이렇게 말했다.

"어릴 적 집에 LP가 정말 많았어. 아빠가 음악을 좋아했거든. 듣는 것도, 그리고 부르는 것도. 지금 생각해 보면 영락없이 무위도식하는 한량이었지. 어쨌든 그때 난 아빠가 LP를 턴테이블에 올려 음악을 트는 모습이 너무 멋있었어. 흘러나오는 음악도 너무 좋았고. 하지만 엄마는 아니었나 봐. 거실 벽면을 빼곡히 차지하고 있는 아빠의 LP를 보며 꼴도 보기 싫다고, 당장 갖다 버리면 속이 후련하겠다고 종종 신경질을 내곤 했으니까. 그러다 엄마의 소원이 이루어진 건지 내가 고등학생이 되었을 때 두 사람은 이혼했고, 아빠는 그 많은 LP를 한 장도 남기지 않고 모두 가지고 떠나버렸어. 집에 그다지 도움이 안 되던 아빠가 떠난 건 별로 아쉽지 않았는데, 가끔 LP가 있던 자리를 볼 때면 마치 내 추억의 일부가 뭉텅이로 잘려 나간 기분이 들더

라. 아마도 내가 지금 이렇게 LP를 모으는 건 잘려 나간 추억의 빈 부분을 느리지만 조금씩 채워나가고 있는 게 아닌가 싶어."

경수가 산 LP는 이제 고작 스무 장 정도였다. 난 궁금했다. 추억이 잘려 나간 부분을 채우려면 얼마나 더 많은 LP가 필요한 건지. 비어버린 옛 추억을 지금 와서 채우는 게 과연 어떤 의미가 있는 건지. 그리고 무엇보다 궁금한 건 왜 LP를 사놓고 듣지는 않는지였다. 자세히는 몰랐지만 LP로 음악을 들으려면 최소한 턴테이블 정도는 있어야 했다. 하지만 경수는 없었다. 당장 듣지도 못할 LP를 사서 모셔만 둘 뿐이었다.

"취업해서 돈 벌면 그때 가서 좋은 오디오를 마련할 거야. 그저 그런 거로는 듣고 싶지 않아."

취업도 아직 못했고, 좋은 오디오가 그렇게 만만한 가격이 아닐 텐데 도대체 언제까지 LP를 모으기만 하면서 기다린다는 건지 난 이해할 수 없었다. 하지만 본인이 좋다는데 뭐라고 할 수도 없는 노릇이었다. 하기야 음반과 오디오 둘 다 없는 것보다야 하나라도 가지고 있는 게 그나마 나은 건지도 몰랐다.

경수의 또 다른 취미는, 이건 정말 평범하지 않은 것 같은데, 바로 다림질이었다. 정확히 말하면 셔츠 다림질.

지금까지 난 다림질이 취미라는 사람은 본 적이 없었고, 아마 앞으로도 과연 그런 사람을 또 만날 수 있을까 싶었다. 경수는 셔츠 다림질에 소위 진심이었다. 좁아터진 고시원에서 지낼 때도 다리미판과 다리미를 갖추고 직접 다림질을 했다고 했다. 그러고 보면 경수는 셔츠를 즐겨 입었다. 대부분 오래된 것들이었지만 항상 깔끔하고 매끈했다. 그리고 그러한 셔츠를 입은 그의 모습에선 왠지 모를 반듯함과 고상함이 느껴졌다.

그래, 바로 그거였다. 내가 경수에게 느꼈던 뭔지 모를 나와는 다른 점. 그건 바로 흐트러지지 않고 언제나 그대로일 것 같은 반듯함이었다. 차림새며 행동이 조금 촌스럽고 때때로 엉성한 건 우리 둘 다 마찬가지였지만, 경수는 나와 다르게 언제나 반듯했다. 요행을 바라거나 쉽게 무너져 타협하려 하지 않았다. 때론 답답할 정도로 취향과 기준에 엄격한 면이 있었다. 말끔하게 다림질된 셔츠는 분명 그런 경수에게 가장 잘 어울리는 옷이었다.

열대야가 기승을 부리던 어느 여름밤, 난 에어컨도 없는 후덥지근한 집에서 땀을 삐질삐질 흘리며 두 번째 셔츠를 다림질하고 있는 경수에게 도대체 이렇게 더운 날씨에 왜 그러고 있냐고 핀잔을 줬다. 이제 막 양 소매를 모두 다린 경수가 셔츠의 등 부분을 다리미판 위에 펼치며 말했다.

"뭐랄까, 이건 나에게 일종의 의식 같은 거야."

"의식? 다림질이?"

셔츠의 등판을 다리미로 주저 없이 앞뒤로 밀고 있는 경수의 모습은 사뭇 경쾌하게 보였다. 칼라나 소매를 다릴 때의 조심스러운 모습과는 달랐다. 경수는 팔을 부지런히 움직여 두 번째 셔츠의 다림질을 마치고 나서 내 질문에 답했다.

"신기한 게 말이지, 기분이 심란하고 우울할 때 셔츠를 다리고 있으면 마음이 평온해져. 잔뜩 구겨졌던 옷이 주름 하나 없이 펴지는 걸 보면 산만했던 정신이 차분해지면서 생각도 정리할 수가 있고. 이렇게 보면 나에게 다림질은 마음을 가다듬는 의식과 같은 거라고 할 수 있지."

전혀 예상치 못했던 진지한 대답이 오히려 나의 관심을 끌었다. 녹은 치즈처럼 선풍기 앞에 축 늘어져 있던 난 몸을 일으켰다.

"언제부터 그랬던 거야?"

내 질문에 경수는 팔짱을 끼고 가만히 생각에 잠겼다.

"어릴 적 집 앞에 작고 오래된 세탁소가 있었는데, 난 틈만 나면 세탁소 앞에 앉아 커다란 창문으로 머리가 하얗게 센 할아버지가 다림질하는 모습을 구경했어. 하얀 증기가 뿜어져 나오는 다리미로 옷을 척척 다림질하는 모습이 어린 내게 꽤 신비롭고 인상적이었나 봐. 아마 그때부터였던 것 같아. 내가 다림질을 좋아하게 된 건."

경수는 팔짱을 풀고 스팀다리미에 물을 채워 넣으며 세 번째 셔츠를 다릴 준비를 했다.

"그렇다고 어릴 때부터 다림질하면서 마음을 다스린 건 아니고, 군대에서였어. 다림질할 때 지금처럼 마음이 편안해지는 기분을 느낀 건. 내가 군 생활을 좀 힘들게 해서 스트레스가 많았거든. 그걸 다림질로 다스린 거야. 다행이었지 뭐. 다림질이 아니었다면 아마 사고를 쳤어도 크게 쳤을걸."

"다림질이 그 정도라고?"

경수는 믿지 못하겠다는 표정을 짓고 있는 나를 바라보며 싱긋 웃었다.

"적어도 나에겐?"

마음이 힘들고 울적하면 에라 모르겠다, 하며 냅다 자버리는 내게 다림질로 마음을 다스린다는 경수의 말이 쉽게 다가오지는 않았다. 하지만 다림질에 집중하고 있을 때 그 어느 때보다 말갛고 편안해 보이는 표정을 보면 적어도 경수에겐 진짜일 수도 있겠다 싶었다.

"내가 꼭 해보고 싶은 게 뭔 줄 알아?"

다림질을 모두 마친 경수가 다리미와 다리미판을 정리하며 내게 물었다. 다시 선풍기 앞에 엎드려 누워버린 난 경수는 보지도 않고 그게 뭐냐고 물었다. 정리를 마치고 온 경수가 내 옆에 앉아 선풍기 바람을 쐬었다. 그에게서 옅은 땀 냄새가 희미하게 느껴졌다.

"뭐냐 하면, 햇살이 잘 드는 방에 좋은 오디오를 갖춰 놓고 내가 모아 놓은 LP로 음악을 들으며 다림질을 하는 거야. 오랜 시간 동안, 천천히."

난 그제야 고개를 돌려 경수를 바라보았다. 아마 내 표정은 조금은 어이없다는 표정이지 않았을까. 선풍기 앞에 앉아 바람을 쐬는 경수는 눈을 감고 있었다. 마치 그 순간을 상상하는 것처럼. 자신이 좋아하는 것으로만 온전히 가득한 순간, 하지만 언제 다가올지 모르는 아득히 먼 그 순간을. 그래서였을까. 난 경수가 조금 애처롭다는 생각이 들었고, 그를 위로해 주고 싶었다. 난 몸을 일으켜 앉아 손을 뻗어 그의 머리를 천천히 쓰다듬었다. 눈을 뜬 경수가 나를 바라보며 옅은 미소를 지었다.

"정말 멋질 것 같지 않아?"

난 뭐라고 해줘야 할지 몰라 그저 고개를 끄덕이기만 했다.

*

　시간이 지나도 나와 경수는 원하는 취업에 성공하지 못했다. 아는 사람보다 모르는 사람이 더 많을 지방대 출신에, 해외 어학연수나 공모전 입상, 적어도 인턴 경험 등 다른 경쟁자들은 어쩌면 기본일지도 모를 스펙도 전혀 갖추지 못한 우리에겐 애초에 성공 가능성이 거의 없는 도전이었다. 모두가 아는 사실을 우리만 몰랐다. 아니, 솔직히 말하면 알고 있었지만 받아들이려 하지 않았다는 게 더 적절한 표현일 것이다. 결국, 무모했고 무엇보다 어리석었던 우리의 잘못이었다.
　닿지 못할 이상을 언제까지 좇고 있을 수만은 없었다. 무엇보다 매달 지출되는 월세와 생활비를 감당하기 위해선 아르바이트가 아닌 안정적인 직장이 필요했다. 선호하는 기업이나 분야를 가릴 처지가 아니었다. 먼저 현실을 받아들인 건 경수였다. 취업 정보 사이트의 공고를 살피며 전혀 모르는 회사라도 조건이 맞다 싶은 곳이면 입사 원서를 넣기 시작했고, 몇 군데 면접을 봐서 합격했다. 경수는 그중 작은 무역회사를 선택했다. 어쨌든 경영과 무역을 전공했으니 그나마 배운 걸 활용할 수 있을 만한 회사를 선택한 거였다. 중국과 동남아의 저가 상품을 수입해 국내 유통사에 공급하는 회사였는데 워낙 소규모이다 보니 모든 직원이 업무영역 구분 없이 하나부터 열까지 다 처리하는 형태로 일을 했다. 학교에서 배운 전공 지식은 딱히 필요하지 않았다. 야근이 잦았고 그만큼 피로도나 스트레스의 강도는 약하지 않았다. 그에 비해 아무래도 저가 상품을 취급하다 보니 마진은 적을 수밖에 없었고, 영업 이익이 높지 않으니 당연히 임금도 높을 리 없었다.

경수는 일을 시작하고 나서 몇 벌의 셔츠를 새로 장만했다. 나도 경수의 취업을 축하하고자 셔츠를 선물했다. 폴로 랄프로렌의 흰색 버튼다운 옥스퍼드 셔츠였다. 가격이 조금, 아니 사실 많이 부담스러웠지만 그가 좋아할 만한 선물을 주고 싶었다. 포장을 뜯고 선물을 확인한 경수는 새하얀 셔츠보다 더 환한 미소를 지으며 좋아했다.

"이건 특별한 날에만 입어야겠어."

경수가 말한 특별한 날이 언제인지는 알 수 없었지만, 경수의 다짐은 어떻게 보면 다행이었다. 출근할 때 입고 나간 주름 하나 없이 말끔했던 셔츠는 저녁 늦게 퇴근해 집에 돌아올 때면 잔뜩 구겨지고 후줄근해져 있었다. 그리고 안타깝게도 경수의 표정 또한 그런 날이 잦아졌다. 만약 내가 선물로 준 셔츠를 입은 채 그런 모습으로 돌아온 경수를 보았다면 난 분명 속상하고 슬펐을 것이다.

경수가 취업한 후 나도 가만히 있을 수는 없었다. 일을 시작하기로 했다. 별수 없었다. 통장 잔액은 이제 얼마 버티지 못할 정도로 줄어 있었고, 무엇보다 그동안 목표했던 걸 포기하자 약간 자포자기 심정이 되어 어디서 어떤 일을 하든 무슨 상관이냐 싶었다. 내가 대기업 취업을 포기하길 기다렸다는 듯 친구는 자신이 다니는 회사에서 일하는 건 어떠냐고 제안했다. 중고등학생 수험서를 주로 취급하는 작은 도서 유통회사였는데, 친구는 건강을 이유로 한 달 뒤 회사를 그만둘 예정이었다. 자신의 대체자로 회사에 날 추천한다는 거였다.

"신입인 내가 널 대체할 수 있을까?"

"내가 전부터 얘기했잖아. 종일 컴퓨터 앞에 앉아서 서류의 내용을 틀리지 않게 입력만 하면 되는 일이라니까. 금방 익숙해지다 못해 지루해질걸."

그 말을 곧이곧대로 받아들일 수는 없었고, 무엇보다 내가 전혀 모르는 분야라는 게 마음에 걸렸다. 하지만 지금 이런저런 조건을 따질 상황은 아니었기에 제안을 받아들였다. 우선 다녀보고 아니다 싶으면 그만두자는 생각이었다.

"잘 생각했어. 내가 한 달은 함께 있으니까 잘 알려줄게."

"그나저나 몸이 많이 안 좋아?"

친구는 짧게 한숨을 쉰 뒤 허리에 두 손을 얹고 가슴을 펴며 몸을 곧게 세웠다. 가슴속 깊이 밑바닥에서부터 끌어올린 듯한 신음과 함께 몸 여기저기서 뼈가 맞춰지는 소리가 둔탁하게 났다.

"뭐 별거 아니야. 목과 허리에 디스크가 있고, 손목도 좀 안 좋고. 직장 생활하다 보면 이 정도는 누구나 있지."

넌 일을 안 하니 이런 거 모르겠지, 라는 투로 친구는 뻐기듯 말했다. 나도 모르게 미간이 살짝 찡그려졌다. 친구의 태도도 마음에 안 들었지만, 일 때문에 몸이 아픈 걸 당연히 받아들여야 하는 건 더더욱 마음에 안 들었다.

"너도 일 시작하면 꼭 운동해. 한순간이다. 몸 망가지는 거."

며칠 후 친구의 회사에 면접을 봤고, 바로 입사가 결정되어 일을 시작했다. 내가 맡은 주된 업무는 재고 관리였다. 하루에도 수많은 도서가 들어오고 나갔기에 처음엔 조금 정신없었지만 금방 익숙해졌고, 눈에 보이는 숫자만 틀리지 않게 입력하면 되니 고민할 것도 없었다.

오히려 날 지치게 만드는 건 온갖 잡무였다. 비품 관리부터 비용 및 영수증 처리, 우편 업무, 손님 응대, 대표의 약속 장소 예약까지. 회사엔 별도로 회계나 행정 업무를 담당하는 직원이 없었고, 아마도 계속해서 연차가 낮은 여자 직원이 으레 맡아왔던 것 같았다. 그리고 이제는 신입인 내가 해야 하는 일이었다. 이 회사에선 그게 당연한 규칙처럼 작용했다. 업무 인수인계 때 이런 일까지 해야 하는 거냐고 반발했지만 친구는 무표정한 얼굴로 그저 받아들이라고 했다. 그게 나한테도 편할 거라고 하면서. 어쩔 도리가 없어 받아들이긴 했지만 책상 위에 나날이 쌓이는 영수증을 처리하기 위해 야근을 하거나, 외부 손님이 왔을 때 마실 거리를 준비하고, 손님이 떠난 후 설거지를 하고 있을 때면 당장 때려치우고 싶다는 생각이 울컥울컥 치밀어 올랐다. 하지만 월세와 생활비를 생각하면 뜨겁게 꿈틀거리던 감정은 비참해질 정도로 차갑게 가라앉았다. 회사 생활은 그런 날의 반복이었다. 난 내가 무엇을 하고 있는지 알 수 없었다.

*

아마 서로 직장을 구해 일을 시작하고 나서부터 그렇게 됐던 것 같다. 나와 경수의 관계는 조금씩 멀어지고 삭막해졌다. 지친 하루를 보낸 우리는 집에 오면 곧바로 각자 방에 틀어박히기 일쑤였다. 얼굴을 마주하고 대화를 나누는 일은 현저히 줄었고, 어쩌다 대화를 하게 되면 종종 말다툼으로 이어지곤 했다. 우리는 서로가 얼마나 지쳐있는지, 얼마나 많은 스트레스를 받았는지 알았지만 외면했다. 자신의 마음을 바라볼 여유도 없으니 상대를 살피고 돌볼 여력은 있을 리 없었다. 그러다 보니 어느 순간부터 섹스도 하지 않게 되었다.

한동안 그런 관계가 이어지다가 결국 우리는 연인 관계를 끝내기로 했다. 햇살이 좋은 일요일 오후, 오랜만에 집에서 배달 음식을 시켜 함께 점심을 먹는 중이었다. 마주 앉았지만 서로 한마디 말없이 음식만 먹다가 내가 혼잣말하듯 작게 내뱉었다.

"우리 계속 이렇게 지내도 괜찮은 걸까?"

잠시 멈칫한 경수는 짧게 한숨을 내쉬더니 작은 목소리로 말했다.

"그럴 수는 없겠지."

경수의 대답은 그럴 수 없으니 다시 잘 지내보자는 의미가 아니라, 그럴 수 없으니 이제 정리하자는 의미였다. 나도 기다리던 대답이었다.

"그래."

주어와 동사가 없는, 그래서 어떻게 하자는 건지 명확하지 않은 대답이었지만 경수는 나의 대답에 고개를 가만히 끄덕였다. 베란다 난간에 회색빛 비둘기 한 마리가 날아와 앉아 구구 울었다. 예전 같았으면 경수가 얼른 뛰어가 창문을 두드려 비둘기를 쫓았겠지만 지금은 눈길도 주지 않았다. 나도 신경 쓰지 않고 내 앞에 놓인 음식만 천천히 먹었다.

우리는 헤어졌음에도 동거는 계속 유지했다. 나도, 그리고 경수도 다시 혼자 월세를 부담하고 싶지는 않았다. 아무리 돈을 벌기 시작했다지만 주거비가 늘어나면 생활비를 감당하기 어려웠다. 게다가 경수는 지금 집을 굉장히 만족스러워했다. 그래서 우리는 최대한 서로 마주칠 일 없도록 신경 쓰며 살던 집에 계속 같이 사는 걸 선택했다. 남들이 안다면 분명 이상하게 생각할 수 있는 상황이었지만, 우리는 상관하지 않았다. 고시원 생활 경험을 바탕으로 경수는 화장실이나 주방, 거실 같은 공용공간의 사용과 관리를 위한 꽤 합리적인 규칙을 제시했고, 나는 군말 없이 따랐다. 나보다 훨씬 깔끔하고 세심한 성격의 경수가 어떻게 보면 자신이 대부분 관리하겠다는 내용이었으니 안 따를 이유가 없었다. 그렇게 우리는 한집에서 별거하는 헤어진 연인 관계로 지내게 되었다.

경수는 웬만하면 자신의 방에서 지냈지만 다림질만은 거실에서 했다. 작은 방이 다림질하기에 불편해서였을 수도 있지만 그보단 햇빛이 드는 베란다를 좋아해서였다. 좋아하는 일을 좋아하는 곳에서 하고 싶어서. 단지 그것뿐이었다. 경수의 다림질은 일하기 전부터 그랬듯 어김없이 일요일 오후였다. 그런데 일을 시작한 후부터 다림질 시간이 왠지 전보다 더 길어진 것처럼 느껴졌다. 다림질하는 몸짓이 더 세심해지고 더 정성을 다하는 것처럼 보였다. 처음엔 괜히 그렇게 느낀 거겠지 싶었는데, 경수에게 다림질이 갖는 의미를 떠올려보니 어쩌면 정말 그런 걸 수도 있겠다는 생각이 들었다. 경수는 분명 그렇게 말했다. 아무리 심란하고 우울해도 셔츠를 다리고 있으면 마음이 평온해진다고. 다림질은 내면을 다스리는 의식과 같은 거라고. 그러니 힘든 한 주를 견뎌내고 별반 다를 것 없는 새로운 한 주를 앞둔 그가 마음을 다잡기 위해 이전보다 더 다림질에 집중하는 건 어찌 보면 당연했다. 그렇게 해야지만 무너지지 않고 겨우 버틸 수 있을 테니까.

*

회사 생활은 금세 익숙해졌다. 이런저런 잡무가 쉴 새 없이 이어지긴 했지만 대부분 단순하고 반복적인 일들이었다. 그저 전과 다르지 않게, 그리고 기계적으로 처리하면 문제 될 게 없었다. 복잡하게 머리를 굴릴 필요도 없었고, 내가 지금 뭘 하고 있는지 자각하지도 못한 채 괜히 손만 바쁘게 움직이면 됐다. 나만 그런 건 아니었다. 다른 직원들도 별반 다르지 않았다. 키보드를 두드리고 통화를 하고 서류를 들추어 보는 등 계속 움직이는 듯 보이지만, 가만히 보면 모두 부자연스러운 움직임이었다. 자신이 놀고 있지 않음을 일부러 강조하려는, 그래서 관리자의 눈에 띄지 않으려는 생존의 몸짓. 나도 이제 요령을 알았고 점점 익숙해지고 있는 몸짓.

퇴근 이후, 그리고 주말에는 집에 늘어져 있거나 자극적인 음식과 함께 술을 마시는 일이 다반사였다. 취미 생활을 한다거나 자기 계발을 할 체력이 되지 않았다. 체중이 빠르게 늘었고 친구가 얘기했던 것처럼 목과 허리, 그리고 손목이 시큰거리기 시작했다. 치료를 시작하든 운동을 시작하든 뭐라도 해야 했지만 피로에 찌들어 몸의 변화에 둔감해진 난 아무것도 하지 않았다. 어느새 나도 친구처럼 일하면서 이 정도 아픈 건 당연하게 받아들이게 되었다.

이런 상황에 자괴감과 회의감이 느껴질 때도 있었다. 나 자신이 웅덩이에 고여있는 물처럼 느껴졌다. 강이나 바다에 닿지 못하고 언제가 메말라 없어질 것만 같아 두려웠다. 하지만 시간이 지나자 이미 몸에 짙게 밴 타성과 게으름은 그러한 기분마저도 희미하게 만들어버렸다.

때때로 경수는 어떻게 지내고 있는지 궁금했다. 나와 같을지, 아니면 원하는 방향을 향해 나름의 길을 걸어가고 있을지. 나보다 훨씬 부지런하고 자신의 기준도 확고한 경수는 왠지 나처럼 가만히 고여있을 것 같지는 않았다. 하지만 직접 물어보진 않았다. 사실 우리는 서로 마주칠 일이 거의 없었다. 헤어지고 얼마 후부터 경수는 새벽같이 집에서 나가 늦은 밤에나 돌아왔고, 주말에도 청소나 다림질 같은 집에서 해야 할 일이 있을 때를 빼면 밖으로 나갔다. 어디서 뭘 하는지 알 수 없었다. 만약 나 때문에 불편해서 일부러 그런 거라면 안 그래도 됐는데, 딱히 난 그러지 말라고 얘기하지도 않았다. 어쨌든 마주쳐서 어색할 일이 없으니 편하긴 했으니까.

경수가 나를 그렇게 열심히 피하려 하는 만큼 나도 그를 신경 쓰지 않으려 했다. 하지만 어쩔 수 없이 신경 쓰이기 시작한 게 하나 있었는데, 그건 바로 경수의 옷차림이었다. 출근할 때면 항상 깔끔하게 다림질된 셔츠를 입던 그가 언젠가부터 편한 티셔츠 차림이더니, 심지어 어떤 날은 트레이닝복 차림이기도 했다. 셔츠를 입지 않으니 일요일 오후면 어김없이 하던 다림질도 하지 않았고, 그게 경수에게 얼마나 큰 변화인지 모르지 않았기에 신경이 안 쓰일 수 없었다. 그래서 난 어느 일요일 밤늦게 돌아온 그를 거실에서 마주쳤을 때 툭 던지듯 물었다.

"요샌 왜 다림질 안 해?"

경수는 잠시 멈칫하더니 나의 시선을 회피했다.

"그런 거, 이제 필요 없어."

경수는 겨우 들릴 정도의 작은 목소리로 대답하곤 방으로 들어가 버렸다. 그가 지나간 후 공기에서 땀 냄새 같은 시큼한 냄새가 희미하게 느껴졌다. 난 무심히 닫힌 방문을 한동안 바라보다가 내 방에 들어와 침대에 누웠다. 눈앞에 방금 들었던 경수의 대답이 떠다녔다.

그런 거, 이제 필요 없어.

그 뒤로 당연히 따라붙어야 했을 내 질문들도 희미하게 떠올랐다.

왜? 그건 너에게 중요한 거였잖아. 무슨 일 있는 거야?

어쩌면 난 지금이라도 곧 사라지려는 그 질문들을 움켜쥐고 일어나 경수에게 가야 하는 건지도 모른다. 그가 질문에 대답하든 안 하든 상관없이. 하지만 결국 난 눈을 질끈 감고 베개에 머리를 파묻은 채 아무것도 하지 않았다. 이날 밤, 난 왠지 모를 불안함에 가슴이 두근거렸고, 그래서 쉽사리 잠들지 못한 채 한참을 뒤척였다.

*

그날 밤 난 애써 잠들려 노력하지 말고 경수에게 갔어야만 했다. 어떻게든 얘기를 나누고 어떤 상황에 놓여 있는지 알았어야만 했다. 경수가 이렇게 갑자기 죽을 줄 알았더라면.

그날로부터 며칠 뒤, 경수는 교통사고로 죽었다. 신호위반 차량에 치여 허무하게 목숨을 잃고 말았다. 그렇게 경수가 죽고 나서야 난 그가 최근 어떻게 지냈는지 알게 되었다. 경수는 다니던 회사를 그만둔 지 꽤 오래였다. 경수의 실수로 회사에 적지 않은 금전적 피해가 갔고, 경수는 부담감을 견디지 못하고 그만두었다.

"신입 혼자 처리할 수 있는 일이 아니었는데 아무도 도와주지 않았어요. 경수 씨가 실수하기 전에, 그리고 실수했을 때 누구라도 그를 도와주었다면 이런 일이 일어나진 않았을 텐데."

퀭한 얼굴로 빈소에 조문 온 회사 동료가 고개를 숙인 채 경수 엄마에게 하는 말을 들을 수 있었다. 그의 모습을 보면서 회사의 그 누구도 경수를 돕지 못했을 거라고 짐작했다. 경수를 도울 여력이 있는 사람은 없었을 것이다. 그건 사람의 탓이 아니라 분명 업무, 아니 회사 시스템의 탓이었다.

벌겋게 부은 눈으로 장례식장에 혼자 앉아 있는데 한 남자가 와서 내 앞에 앉았다. 덥수룩한 머리, 야외에서 일하는 듯 검붉게 탄 피부, 며칠 동안 면도를 안 해 거뭇하게 올라온 수염, 살집이 실팍한 가슴과 어깨. 그는 자신을 경수의 형이라고 소개했다. 언젠가 경수에게 지방에서 일하고 있다는 형 얘기를 스치듯 들은 게 기억났다. 그러고 보니 장례식장 테이블에 놓인 종이컵과 젓가락 등에 중공업 회사의 이름이 적혀있었다.

그는 어떻게 알았는지 대뜸 내게 경수와 같이 살고 있었냐고 물었다. 난 고개를 끄덕였다. 그는 나를 물끄러미 바라보았다. 무언가 더 물어보고 싶은 얼굴인 것 같은데 왜인지 별다른 질문을 하지 않았다. 어쩌면 이미 다 알고 있는 건지도 몰랐다. 우리가 왜 같이 살게 되었고, 연인이 아님에도 불구하고 왜 계속 같이 살았는지. 우리가 얼마나 궁핍하고 초라한 삶을 살았는지.

"경수가 직장을 그만두고 자전거로 배달 일을 한 것 같아요. 그러다 사고를 당한 거지."

그를 통해 알게 된 새로운 사실이었다. 그제야 경수의 옷차림과 희미하게 났던 땀 냄새의 이유를 알 것 같았다. 그는 경수가 메고 있던 가방에 9급 공무원 시험 교재와 학원 수강증이 있었다고도 했다.

"몸 쓰는 일이라곤 한 번도 해본 적 없었을 텐데 무슨 생각으로 배달 일을 한 건지. 걘 어렸을 적부터 그저 세련되고 우아하고 한가한 삶을 동경했어요. 다 지 아빠 닮아서. 그게 얼마나 부질없는지 모르고."

"그게 왜 부질없어요? 경수가 그 삶을 위해 얼마나 노력했는데."

왠지 모르게 울컥해 나도 모르게 그에게 반발했다. 그는 나를 바라보곤 어깨를 으쓱했다. 살짝 움직였을 뿐인데도 둔중한 어깨 때문에 매우 크게 움직인 것처럼 보였고, 그건 꽤 위협적이었다. 그의 눈빛은 분명 나에게 한심하다고 말하고 있었다.

"그런 삶을 위해 노력하다 이렇게 허망하게 갔는데, 그런 게 부질없는 거 아닌가요?"

그때 마침 조문객이 와 그는 자리에서 일어났다. 그를 가만히 보고 있자니 이 모든 상황이 현실처럼 느껴지지 않앉다. 장례식장의 낮은 천장과 어두침침한 조명, 그리고 짙은 향냄새는 이 상황을 더욱 비현실적으로 느껴지게 했다. 그렇게 한참을 멍하니 있다가 경수 형의 높아진 언성을 듣고 정신을 차렸다. 방금 온 조문객은 피의자 측 보험사 직원인 듯했는데 그는 그들을 향해 막무가내로 소리를 지르며 어떻게든 규정보다 많은 보상금을 받아내려 하고 있었다. 난 그제야 경수의 죽음이 분명 누군가는 돈으로 해결해야 할 현실이라는 걸 깨달았다.

경수의 장례 절차가 모두 끝난 뒤 난 친구 집에 머물렀다. 그 집에서 감히 혼자서 지낼 용기가 나지 않았다. 집에 있으면 경수가 나타날 것 같아 두려웠다. 왜 자신의 상황을 알려 하지 않았냐고. 왜 위로의 말 한마디 해주지 않았냐고 원망스러운 눈빛으로 날 바라볼 경수를 도저히 볼 수 없을 것 같았다. 회사에서 퇴근하면 난 방에만 틀어박혀 있었고, 친구는 그런 날 보며 그저 안타까운 표정만 지을 뿐 어떤 말도 하지 않았다.

그렇게 며칠이 지난 후, 경수 형에게 연락이 왔다. 경수가 살던 곳과 짐을 확인하고 싶다고 했다. 난 도어 록 비밀번호만 알려줄까 하다가 그건 왠지 내키지 않아 그에게 문을 열어 줄 테니 돌아오는 토요일에 오라고 했다.

주말에도 일하다 왔는지 그는 곳곳에 기름때가 묻은

회사 점퍼를 입고 있었다. 여전히 머리는 덥수룩했고 수염이 거칠었다. 그에게서 매캐한 탄 내가 희미하게 나는 것 같기도 했다.

그는 경수 방을 천천히 둘러보았다. 경수의 유품은 초라할 정도로 조촐했다. 얼마 안 되는 옷가지와 액세서리, 책, 잡동사니, LP, 그리고 다리미와 다리미판이 전부였다. 난 그게 경수의, 아니 우리의 현재 모습인 것 같아 괜히 부끄러웠다. 그가 선반에 꽂혀있는 LP를 뒤적이며 훑어보더니 고개를 저으며 한숨을 쉬었다.

"부탁이 하나 있는데……"

그는 나에게 경수의 물건을 대신 버려줄 수 있는지 물었다. 딱히 따로 간직할만한 물건은 없다고 하며. 만약 그래 준다면 사례를 하겠다고도 했다. 난 처음 봤을 때부터 그가 마음에 들지 않았다. 경수와 너무도 달라 과연 친형이 맞는지 의심스럽기도 했다. 그래서 그의 부탁을 수락했다. 그가 경수의 물건을 함부로 버리게 놔두고 싶지 않았다. 경수의 물건을 직접 정리하는 게 내가 경수에게 그나마 해줄 수 있는 마지막 예의일 것 같았다.

현관문을 나서면서 그가 이 집은 어떻게 할 거냐고 물었다. 무슨 의미인지 몰라 아무 대답도 없이 가만히 있는 내게 그가 말했다.

"이 집 보증금을 경수와 분담했다고 하던데, 경수 몫의 금액은 돌려줘야지 맞는 거 아니겠어요?"

전혀 생각도 못 했던 말에 기가 찼지만 틀린 말도 아니었다. 난 순순히 돌려주겠다고 했고, 그는 나를 힐끗 보더니 어깨를 으쓱했다. 여전히 그의 움직임은 실제보다 커 보였고 위협적이었다. 그는 다시 연락하겠다며 떠났다.

난 다시 경수 방으로 돌아왔다. 가만히 방 안에 서 있으니 지레짐작했던 것과 다르게 혼자 있어도 무섭지 않았고, 경수의 물건들을 보고 있으니 오히려 마음이 편안해졌다. 눈길이 자연스레 한쪽 벽에 가지런하게 걸려있는 그의 셔츠들로 향했다. 색상별로 정리된 셔츠는 푸른 계열이 가장 많았다. 파스텔 톤의 스카이 블루부터 짙은 네이비 사이의 그 어떤 색들. 경수가 푸른색을 좋아했는지 모르겠지만 그와 잘 어울리는 색상이라는 생각이 들었다.

셔츠 중 하얀색 셔츠가 눈에 들어왔다. 그건 바로 내가 경수에게 취업 선물로 준 셔츠였다. 셔츠는 태그도 뜯지 않은 상태로 비닐까지 씌워져 있었다. 특별한 날에만 입겠다고 했던 경수는 이제 이 셔츠를 입고 싶어도 입을 수 없게 되었다.

바보 같은 놈. 이게 뭐라고.

난 비닐 안으로 손을 넣고 살며시 어루만지며 셔츠의 촉감을 느껴보았다. 그러자 문득 기분이 이상해졌다. 가슴이 두근거리기 시작했고 몸이 살짝 떨리는 것 같았다. 난 셔츠에서 손을 떼고 한 발 뒤로 물러서 걸려있는 셔츠들을 한참 동안 바라보다가 내 방으로 돌아와 침대에 누웠다.

그날 밤새도록 비가 내리고 바람이 심하게 불었다. 창을 흔드는 바람 소리가 너무나 요란해 창이 부서지지 않을까 걱정스러울 정도였다. 내가 깨어있는 건지, 아니면 꿈을 꾸고 있는 건지 구분할 수 없었다.

온몸이 땀에 흠뻑 젖은 채 일어났을 땐 이미 아침이었다. 침대에서 일어나 창문을 열어보니 그렇게 세차게 불던 비바람이 다 거짓이었다는 듯 하늘은 너무나 맑고 고요했다. 구름 한 점 없는 하늘에서 내리쬐는 햇볕이 따스했다. 창밖을 바라보던 난 내가 해야 할 일을 떠올렸다. 왜 그런 생각이 떠올랐는지 이유는 알 수 없었다. 하지만 해야만 하는 일이라는 건 직감할 수 있었다.

*

난 경수 방에 걸려있는 셔츠를 모두 걷었다. 선물로 준 셔츠를 포함해 총 열여섯 벌이었다. 그걸 세탁기에 넣고 돌렸다. 그리고 아침을 먹은 뒤 설거지를 하고 그 어느 때보다 천천히 정성을 들여 따듯한 물로 샤워를 했다. 마치 의식에 들어가기 전 몸을 정갈하게 하는 것처럼. 그사이 세탁이 끝난 셔츠를 꺼내 베란다에 널었다. 볕이 좋아 금방 마를 것 같았다. 오후엔 시내의 음향기기 판매점을 찾아갔다. 그곳에는 다양한 턴테이블이 있었는데 너무 비싼 건 살 수 없었고, 추천을 받아 스피커가 내장된 저렴한 입문용 제품을 샀다. 점원은 음질은 기대하지 말라고 했는데 난 상관없다고 했다.

집에 돌아와 보니 셔츠는 어느 정도 말라 있었다. 베란다엔 아직도 햇살이 충만했다. 난 상자를 열고 턴테이블을 꺼냈다. 별다른 설치가 필요 없었고 그저 전원만 연결하면 됐다. 그리고 경수가 그동안 모은 LP를 들고나왔다. 서른 장이 채 되지 않는 LP는 대부분 내가 모르는 해외 음반이었다. 그냥 손에 잡히는 LP를 턴테이블에 올려놓고 점원에게 배운 대로 바늘을 움직였더니 잠시 후 잔잔한 재즈 음악이 흘러나오기 시작했다. 작동이 제대로 될까 긴장했었는데 나도 모르게 안도의 한숨을 내쉬었다. 그러고 나서 다리미판과 다리미를 가져왔다.

난 경수의 셔츠를 모두 다림질할 생각이었다. 경수가

꼭 해보고 싶었던 것. 햇살이 잘 드는 방에서 LP로 음악을 들으며 오랜 시간 동안 천천히 하는 다림질. 비록 좋은 오디오는 아니었지만 이렇게라도 부족하나마 그의 소원을 대신 이뤄주고 싶었다. 이게 과연 어떤 의미가 있는지는 몰랐다. 그저 경수를 위해 해주고 싶었다. 그의 영혼이라도 위로해 주고 싶었다.

첫 번째 셔츠를 다리미판 위에 올려놓고 다림질을 시작했다. 하지만 다림질이 처음이었기에 부자연스러웠다. 순서는 엉망이었고, 몸에 힘이 들어가는 것에 비해 다림질은 속도가 나지 않았다.

"다림질은 좁은 부분부터 하는 게 좋아. 칼라부터 시작해서 양 소매를 다리고, 마지막으로 앞과 뒤를 다리는 식으로."

어느새 내 옆에 선 경수가 말했다. 난 고개를 돌려 경수를 바라보았다. 햇살에 그의 얼굴은 밝게 빛났고 입가엔 희미한 미소가 머물러 있었다. 내 입가에도 자연스레 미소가 지어졌다. 그가 알려준 대로 셔츠 다림질을 계속했다. 처음엔 시간도 오래 걸리고 결과도 만족스럽지 않았지만 두 번째, 세 번째 할수록 점점 능숙해졌다. 다리미가 지나간 자리의 주름이 말끔히 펴지는 걸 보고 있으면 마음이 편해졌다. 신기하고도 이상한 경험이었다. 경수는 아무 말하지 않고 서 있었지만 표정은 그것 봐, 내가 뭐라고 했어, 라고 말하고 있었다. 다림질 중간중간 한 면의 재생이 끝난 LP를 뒤집어 주었고, 그렇게 한 음반을 다 들으면 다른 음반으로 바꿔주었다.

"듣고 싶은 음반 없어?"

"아무거나 좋아."

경수의 표정은 행복해 보였다. 다림질과 LP 음악, 그리고 밝은 햇살. 단지 이것만으로도 경수는 충분히 행복할 수 있었다. 그런데도 이게 필요 없다고 했던 그때 경수의 마음은 과연 어떠했던 것일까. 얼마나 메마르고 황폐했던 것일까. 난 짐작도 할 수 없었다.

"미안해. 이 말을 꼭 하고 싶었어."

조심스럽게 용서를 구하는 나의 말에 경수는 천천히 고개를 가로저었다. 그리고 눈을 감고 속삭이듯 말했다.

"있잖아, 이 순간, 정말 멋진 것 같지 않아?"

그리고 감았던 눈을 뜨고 나를 보며 말했다.

"고마워."

난 이번에도 뭐라고 답해야 할지 몰랐다. 왠지 눈물이 나올 것 같아서 어떻게든 참으려 애썼다. 잠시 후 "넌 절대 메마르지 마."라는 목소리가 들렸다. 경수의 목소리였는지, 아니, 내가 실제로 들은 건지조차 확신할 수 없었다. 경수는 다시 눈을 감고 볕을 쬐고 있었다.

　셔츠 열여섯 벌의 다림질에는 꽤 오랜 시간이 걸렸다. 팔과 다리가 아파서 몇 번을 쉬어야만 했고 LP도 여러 번 바꿔야 했다. 다림질을 모두 마쳤을 땐 이미 해는 완전히 져서 바깥은 어둠이 짙었다. 주위를 둘러보니 경수는 보이지 않았다. 당연하게도, 집엔 나 혼자였다.

　난 계속 돌아가고 있는 턴테이블을 멈추고 어지럽게 놓인 LP를 정리해 선반에 꽂았다. 다리미판과 다리미도 제자리에 갖다 놓았다. 다림질을 마친 셔츠는 원래 순서대로 다시 걸어놓았다. 한참을 경수 방에 서 있다가 문을 닫고 거실로 나왔다. 아마도 오늘 같은 일은 다시 없을 것 같았다. 아까부터 참았던 눈물이 다시 나오려 했다. 그냥 울어야 할지, 아니면 계속 참아야 할지 알 수 없었다.

　난 이제는 어둠만이 가득한 베란다에 쪼그리고 앉아 얼굴을 무릎 사이에 파묻은 채 한참을 그렇게 있었다.

키클롭스

 현오는 이제 확실히 깨닫게 되었다. 사람들에게 자신은 그저 끔찍하게 생긴 외눈박이 괴물일 뿐인 것을. 손바닥에 눈이 있는 이상 누구와도 가까워질 수 없고, 누구에게도 받아들여질 수 없었다. 가까이 다가가려 할수록 상처만 받는 삶. 그게 자신의 삶인 걸 알게 되었다.

키클롭스

폴리페모스는 호메로스의 『오디세이아』에 나오는 키클롭스(Cyclops, 외눈박이 거인)이다. 폴리페모스는 바다의 요정 갈라테이아를 사랑했는데, 갈라테이아는 미소년인 아키스에게 마음을 빼앗겨 폴리페모스를 거들떠보지도 않았다. 질투로 가득 찬 폴리페모스는 갈라테이아와 아키스가 다정히 앉아 있는 모습을 우연히 발견하고 분노에 차서 커다란 바위를 아키스에게 던져 그를 죽음에 이르게 하였다.

***

현오의 시력이 나빠지기 시작한 건 분명 엄마의 장례

를 마치고 난 이후부터였다. 그전까지 별다른 이상 없이 양안 모두 또래보다 더 좋은 편에 속했던 현오의 시력은 갑자기 시야가 흐려지고 초점이 맞지 않아 안경을 써야 했고, 시력이 약해지는 속도만큼 안경의 렌즈는 빠르게 두꺼워졌다. 그렇게 점점 시력이 나빠지다가, 결국 3년 만에 시력을 완전히 잃고 깊이를 알 수 없는 짙은 어둠에 빠지게 되었다. 현오가 열다섯 살이 됐을 때였다.

병원에서도 특별한 원인을 알아내지 못했다. 의사는 명확한 진단을 내리지 못한 채 뭔가 정체를 알 수 없는 처음 보는 물건을 볼 때와 같은 표정으로 고개를 갸웃거렸다.

"정말 희한하네. 이건 뭐랄까, 다른 곳은 멀쩡한 채 눈만 노화됐다고 설명할 수밖에 없을 것 같군요. 그 이유가 뭔지는 모르겠지만."

다른 의사를 찾아가도 별반 다를 건 없었다. 진단 결과를 설명하는 말은 모두 같았다. 알 수 없는 이유에 의해 시력이 상실되었습니다.

사실 의사에게 말하진 않았지만, 현오는 자신의 눈이 왜 멀었는지 알고 있었다. 그건 바로 엄마의 죽음에 슬퍼서 흘린 눈물 때문이었다. 엄마의 장례를 치르는 기간 내내 현오는 끊임없이 눈물을 흘렸다. 심지어 잠이 들었을 때도 눈물은 멈추지 않았다. 처음엔 당황하기도 했지만 현오는 눈물을 멈추려는 노력을 딱히 하지 않았다. 오히려 눈물이 계속 흘러 자신이 말라비틀어지고 끝내 사라져 버리면 차라리 좋겠다고 생각했다. 그만큼 엄마를 잃은 상실감은 현오에게 감당할 수 없는 아픔이었다.

장례 마지막 날 한 줌의 뼛가루가 된 엄마를 고향 바다에 뿌리고 나서야 눈물은 멈췄다. 그리고 다음 날부터 현오는 자신의 시야가 조금씩 흐려지는 걸 느꼈다. 당황하진 않았다. 현오는 확신했다. 3일 동안 쉴 새 없이 흐른 눈물과 함께 자신에게서 소중한 무언가가 빠져나갔기 때문에 시력을 잃어버리고 있는 거라고. 어떠한 근거도 없었다. 분명 말도 안 되는 소리였다. 하지만 현오는 그렇게 믿을 수밖에 없었다.

*

시력을 완전히 잃고 5년이 지난 어느 날, 현오는 왼쪽 손바닥 한가운데에서 마치 상처가 난 것처럼 욱신대는 통증과 함께 미열을 느꼈다. 불편하다기보다 불쾌한 그 느낌은 시간이 지나도 사라지지 않고 계속되었는데, 원인이 무엇인지는 알 수 없었다. 그렇게 며칠이 지난 후, 현오는 자신을 둘러싸고 있는 완벽하고도 균질했던 어둠이 조금씩 흔들리면서 밀도가 옅어지는 걸 느꼈다. 그러더니 옅어진 어둠이 마침내 천천히 갈라지며 환한 빛이 쏟아져 들어왔고, 현오는 다시 세상을 볼 수 있게 되었다. 두 눈의 시력이 돌아온 건 아니었다. 그건 바로 현오의 왼쪽 손바닥에 생긴 눈을 통해서였다.

새로운 눈동자는 손바닥을 좌우로 가로지르는 손금 부위가 갈라지며 모습을 드러내었다. 현오는 거울 앞에 서서 왼손을 얼굴 높이까지 들고 거울을 향해 손바닥을 내밀었다. 손바닥 한가운데에 정면을 응시하는 부릅뜬 눈이 보였다. 현오는 5년 만에 보게 된 세상과 거울 속 자신의 모습은 신경도 쓰지 않고 손바닥의 눈에만 집중했다. 그건 일반적인 눈동자와는 생김새가 조금 달랐다. 흰자위에는 가는 핏줄이 사방으로 뻗어 있었고, 흐릿한 검은자위는 회색에 가까웠다. 눈꺼풀이 깜빡이듯 갈라진 부분의 손바닥 피부가 아래위로 닫혔다 열렸는데, 일반적인 눈이 깜빡이는 속도보다 한참 느렸다. 아무리 보아도 거울에 비친 눈의 모습은 기괴하고 징그러웠으며, 무엇보다도 비현실적이었다. 지금까지 그 어디서도 손바닥에 눈이 생겼다는 얘기는 들어본 적이 없었다. 이게 과연 어떻게 된 일인지, 혹시라도 몸에 이상이 생긴 건 아닌지 의심해야만 했다. 하지만 지금 현오에게 그런 건 아무래도 상관없었다.

중요한 건 내게 새로운 눈이 생겼고, 다시 볼 수 있게 되었다는 거야. 이제 다른 사람의 도움 없이도 내가 하고 싶은 걸 마음껏 할 수 있다고!

가만히 거울 속 모습을 응시하던 현오의 입가에 슬며시 미소가 지어졌다. 천천히 깜빡이던 왼쪽 손바닥의 눈도 살짝 가늘어지며 미소를 지은 듯했다.

*

동생의 손바닥에 생긴 눈을 처음 보았을 때, 현오의 누나는 소스라치게 놀랐다. 하지만 금세 익숙해졌고 오히려 잘된 일이라고 생각했다. 무엇보다 그동안 하나부터 열까지 모든 걸 챙겨줘야 했던 동생이 이제는 왼쪽 손바닥을 이리저리 내저으며 본인 일을 스스로 처리하는 모습은 매우 만족스러웠다. 아빠도 없는 상태에서 엄마까지 죽어 어쩔 수 없이 가장이 되어야 했던 그녀에게 동생의 실명은 엄청난 부담이었다. 책임감으로 어떻게든 버텨내고 있었지만 그녀도 이제 겨우 스물네 살에 불과했다. 자신의 미래를 생각하며 이것저것 관심이 많은 시기였고, 또래들처럼 걱정 없이 자유롭게 놀고 싶은 나이이기도 했다. 하지만 그녀는 돈을 벌기 위해, 그리고 동생을 보살피기 위해 많은 걸 포기해야만 했다. 그런데 생김새가 어찌 됐든 동생에게 눈이 생기면서 앞을 볼 수 있게 되었고, 그로 인해 자신은 조금이나마 자유로운 시간을 가질 수 있게 되었으니 분명 기쁜 일이었다.

"그런데 그 상태로 돌아다니기엔 조금……"

사람들의 눈에 띄었다간 시끄러워질 게 분명하다고 판단한 그녀는 어떻게 하면 좋을지 고민하다 동생에게 맞는 장갑을 마련해주었다. 일반 장갑의 손바닥 부분을 잘라내고 미세한 구멍이 촘촘하게 뚫려있는 검은색 천을 댔다. 장갑을 끼면 겉에선 손바닥의 눈이 보이지 않았지만 작은 구멍을 통해 시야는 확보할 수 있었다. 답답하긴 했지만 현오도 다른 방법이 없었기에 외출할 땐 항상 장갑을 착용했다.

현오는 눈이 생기면서 막대한 양의 시각적 자극에 무차별적으로 노출되었다. 몇 년간 보지 못했던 세상은 훨씬 더 빠르고 극적으로 변해 있었고, 넘쳐나는 이미지와 영상은 머릿속으로 상상했던 것보다 훨씬 강렬하고 자극적이었다. 한동안 현오는 온갖 이미지와 영상에 빠져 하루 대부분을 컴퓨터 앞에서 보냈다. 흥미로운 것들이 셀 수 없이 많았고 지루할 틈이 없었다. 특히 성인 콘텐츠의 유혹은 혈기 왕성한 스무 살 현오가 참아내기엔 자극과 쾌감이 너무나 컸다. 왼손바닥을 모니터로 향한 채 넋 나간 표정으로 계속해서 마우스를 움직이는 현오의 모습은 어딘가 기이하고도 오싹하게 보였다. 그렇게 시간을 보낼수록 눈동자의 핏줄은 더 가늘게 갈라졌고, 검은자위는 선명해졌다.

볼 수 없던 걸 보게 되면서 분명 전보다 더 편리하고 즐거운 생활을 할 수 있게 됐지만, 현오는 동시에 두렵고 불안하기도 했다. 어느 순간 갑자기 생긴 손바닥의 눈이 또다시 갑자기 사라져 버릴지도 모른다는 상상은 현오를 두렵게 했고, 누나를 제외한 다른 사람들에게 자신은 여전히 맹인일 수밖에 없다는 사실은 현오를 답답하고 불안하게 했다.

현오는 이러한 두려움과 불안을 누구에게도 털어놓지 못했다. 누나에게조차 말할 수 없었다. 자신에게 눈이 생긴 이후 누나의 관심과 애정이 확실히 예전보다 줄었다는 걸 현오는 느꼈다. 하지만 그동안 누나의 고생과 희생을 모르지 않았기에 서운해할 수만은 없었다. 두렵고 불안할 때 현오가 할 수 있는 거라곤 액자 속 엄마 사진을 왼손바닥으로 어루만지는 것뿐이었다. 그러면 마음이 편안해졌다. 동시에 엄마가 그리워져 슬퍼지기도 했다. 하지만 예전처럼 눈물은 흐르지 않았다. 엄마의 장례를 치르며 이미 몸속의 모든 눈물을 다 흘려버린 건지도 몰랐다. 현오는 갑자기 궁금해졌다.

만약 내가 눈물을 흘린다면 어떤 눈에서 눈물이 흐를까?

*

민영은 현오가 다니는 시각장애인 복지관의 복지사였다. 언제나 상냥했고, 프로그램 이용에 불편이 없도록 배려해 주고 신경 써주어서 복지관 이용자 모두 그녀를 좋아했다. 현오 또한 그랬다. 현오는 전부터 민영의 목소리를, 그리고 곁에 있을 때 은은하게 느껴지는 체취를 좋아했다. 청각과 후각으로 느껴지는 자극에 더 예민할 수밖에 없는 현오에게 민영의 목소리와 향기는 유독 더 강렬하게 다가왔다. 그녀의 목소리나 화장품 향이 특별히 더 좋아서 그런 건 아니었다. 이유는 알 수 없었지만 민영과 함께 있으면 현오는 엄마를 떠올렸다. 조금씩 흐릿해져 가는 엄마의 음성과 체취, 함께 있을 때의 포근했던 느낌을 그녀를 통해 다시금 새롭게 기억할 수 있었다. 그래서 현오는 민영과 함께 있는 시간이 좋았다. 비록 스치듯 짧을지라도.

손바닥에 눈이 생긴 후 민영의 얼굴을 처음 보게 되었을 때, 상상했던 것보다 더 아름다운 모습에 현오는 가슴이 두근거렸다. 얼굴을 본 순간부터 이제 민영은 현오에게 엄마를 떠올리게 하지 않았다. 그녀는 아름답고 매혹적인 모습으로 현오를 흥분시키고 잠 못 이루게 했다. 앞을 볼 수 있게 되면서 이제 복지관에 올 필요가 없었지만 현오는 오히려 전보다 더 열심히 복지관을 이용했다. 민영의 얼굴, 옷과 신발, 손짓과 몸짓, 그리고 그녀의 몸. 그녀를 몰래 훔쳐볼 때마다 느껴지는 쾌감을 도저히 그만둘 수 없었다. 오히려 답답한 장갑을 벗어버리고 싶은 충동을 억누르느라 애써야만 했다. 현오는 민영을 이성으로 좋아하게 되었고, 그녀와 더 가까워지고 싶다는 생각에 가슴은 터질 것만 같았다. 민영을 향한 마음이 점점 커질수록 그녀를 상상하며 하는 수음은 잦아졌다. 그렇게 어두운 욕망에서 헤어 나오지 못하는 동안 눈동자의 핏줄은 더 많아지고 선명해져서 흰자위는 거의 핏빛이 되었다. 검은자위도 어느 순간 완전한 검은색이 되었다.

현오는 외모에 부쩍 신경을 쓰기 시작했다. 민영의 환

심을 조금이라도 끌고 싶은 마음에 거울 앞에서 옷이나 머리를 확인하는 시간이 부쩍 늘었다. 그동안 누가 봐도 촌스럽게 하고 다닌 것에 혼잣말하듯 화를 내기도 했다. 누나는 그런 동생이 탐탁하지 않았다. 5년이라는 시간 동안 눈이 먼 채로 지냈기에 동생이 남들과 같은 수준의 학업이나 취업의 기회를 가질 수 없었다는 건 인정했지만, 이제는 앞을 볼 수 있게 되었으니 공부든 돈벌이든 뭐라도 제대로 시작했으면 했다. 그런데 동생은 거울 앞에서 죽치고 있거나, 복지관에 가서 돌아올 생각을 안 하니 마음에 들 리가 없었다.

"야, 이제는 알려보는 게 어떨까?"

"뭘?"

"손바닥에 생긴 눈 말이야. 공개하는 게 좋지 않을까?"

누나는 동생에게 생긴 눈이 어쨌든 일반적인 게 아니니 몸에 무리가 가는 건 아닌지 걱정되기도 했고, 세상에 알려지면 사람들의 도움을 받을 수도 있지 않을까 생각했다. 하지만 현오는 왼손바닥을 누나에게 뻗으며 소리쳤다.

"미쳤어? 누나는 내가 사람들한테 괴물 취급받기를 바라는 거야?"

자신을 노려보는 핏발 선 새빨간 눈동자에 누나는 순간 움찔하며 뒤로 물러섰다. 눈동자는 정말 분노하고 있는 것처럼 보였다. 게다가 색이 더 짙어진 눈알의 붉은색과 검은색은 섬뜩해 보이기까지 했다.

"너 눈이 왜 이래?"

"신경 쓰지 마."

현오는 사람들이 자신과 조금이라도 다른 타인을 어떻게 대하는지 알고 있었다. 처음엔 흥미와 관심을 보이며 다가오다가도 결국에는 차별하고 배척한다는 걸. 학교에서 엄마 없는 아이였던, 그리고 어느 순간부터 앞이 보이지 않는 아이였던 현오는 그 사실을 몸소 겪으며 이미 깨닫고 있었다. 그런 경험을 다시 겪고 싶지는 않았다.

"말하기만 해봐. 가만 안 둘 거야."

남들과는 다른 동생이 가엽기도 했지만 아무런 계획 없이 허송세월하는 모습이 답답하기도 해서 누나는 자기도 모르게 화를 내고 말았다.

"이 멍청아, 두 눈이 멀쩡해도 살기 힘든 세상이야. 가만히 있으면 뭐가 되는 줄 알아? 그래, 네 멋대로 해봐. 너도 이제 스무 살이니까 알아서 살아보라고!"

평소와 달리 소리를 버럭 지르고 나간 누나의 모습에 현오도 마음이 편치 못했다. 하지만 자신이 과연 할 수 있는 게 무엇일지 알지 못했고, 사람들에게 알려지는 건 역시나 두려웠다. 현오는 거울 앞에 서서 왼손을 들었다. 손바닥 한가운데 커다랗게 뜬 눈이 천천히 깜빡이며 자신을 바라보고 있었다.

*

복지관의 프로그램이 모두 끝나고 아무도 없는 로비에 앉아 있던 현오는 살며시 왼손의 장갑을 벗었다. 그리고 손바닥을 유리창으로 향했다. 어둑해진 유리창에 눈동자와 자신의 모습이 희미하게 비쳤다. 그 모습은 꼭 외눈박이 괴물이 눈이 없는 허수아비를 끌고 가는 것처럼 보였다. 현오는 이제 눈동자가 꼭 별개의 살아있는 생물체처럼 느껴졌다. 그러고 보면 손바닥의 눈동자는 가끔 현오의 의지와 상관없이 시선을 돌리거나 깜빡일 때가 있었다. 붉은색과 검은색이 진해지면서 더 빈번해진 것 같았다. 현오는 어느 순간 눈동자가 크게 부풀어 올라 자신을 뒤덮어 버리는 모습을 상상해 보았다. 자신은 사라져 버리고 물컹거리는 핏빛의 흰자위와 그 한가운데 시커먼 검은자위로 이루어진 거대한 눈알만이 남아 이리저리 시선을 굴리는 장면을 떠올렸다.

사람들이 과연 지금 나의 모습을 받아들일 수 있을까?

아마 거의 모두가 놀라고 기겁하며 나를 괴물처럼 여기겠지. 하지만, 민영 쌤이라면? 어쩌면 어떠한 거부감 없이 있는 그대로 나를 받아줄 수 있지 않을까? 민영 쌤은 상냥하니까. 항상 누구에게나 친절하니까. 만약 민영 쌤과 함께 한다면 나도 무언가를 새로 시작할 수 있지 않을까?

이러한 생각에 빠져있는데 멀리서 인기척이 느껴져 현오는 다급하게 장갑을 꼈다. 잠시 후 누군가 로비를 지나가다 현오를 불렀다.

"현오 님, 프로그램도 다 끝났는데 여기서 뭐 하고 계세요?"

민영의 목소리였다. 현오는 몰래 못된 짓을 하다 걸린 아이처럼 놀라 당황했다. 하지만 자신의 어깨 위에 손을 올린 민영의 온기와 체취에 이내 마음이 차분해졌다.

"생각할 게 있어서요. 조금 이따 가려고요."

"혼자서 가도 괜찮겠어요?"

"아, 누나가 올 거예요."

누나가 온다는 건 거짓말이었다. 현오는 지금 민영이 어떤 표정을 짓고 있을지 궁금했다. 자신을 진짜 걱정해 주는지, 아니면 퇴근길에 자신을 만나 귀찮아하고 있는지. 그래서 머리를 만지는 척 왼손을 올렸을 때 민영의 옆에

한 남자가 서 있는 걸 그제야 알게 되었다. 그는 이 복지관에 온 지 얼마 안 된 복지사로 현오와 직접 마주친 적은 아직 없었다. 훤칠하고 잘생긴 외모에 항상 단정하고도 세련된 옷차림이었으며, 부드러우면서도 당당한 표정으로 사람들을 대했다. 현오에게 나도 저랬으면 좋겠다고 생각하게 했던 남자였다. 그 남자가 지금 평소에는 볼 수 없었던 어딘가 불만스럽고 짜증스러운 표정으로 민영의 곁에 서 있었다. 민영의 옷자락을 잡아당기며 소리를 내지 않고 보채고 있었다. 그냥 빨리 가자고.

현오는 직감적으로 확신했다. 이 둘이 평범한 직장 동료가 아니라는 것을. 그러자 갑자기 가슴이 두근거렸고 머릿속은 순간적으로 하얘졌다. 왼손바닥의 눈동자 주위가 불에 덴 것처럼 화끈거렸다.

"괜찮으신 거죠, 현오 님?"

민영의 물음에 현오는 정신을 차리고 아무렇지 않은 척 애써 웃으며 괜찮다고 말했다. 현오 앞에서 잠시 머뭇거리던 민영은 인사를 하고 떠났다. 아마도 옆의 남자가 계속 재촉했을 거라고 현오는 생각했다. 멍하니 앉아 있던 현오는 불현듯 일어나 밖으로 뛰쳐나갔다. 지팡이도 짚지 않고 왼손바닥을 앞으로 내민 채 거리를 이리저리 헤맸다. 그리고 마침내 두 사람의 뒷모습을 발견했다. 현오는 거리를 두고 몰래 두 사람을 뒤쫓았다. 자신이 지금 무슨 짓을 하고 있는지 의식하지도 못했다. 머릿속에는 저 두 사람이 어디로 가는지, 무엇을 하는지, 무슨 관계인지 직접 보고 확인해야만 한다는 생각뿐이었다.

두 사람은 한참을 걸어 네온사인이 휘황찬란한 유흥가에 접어들었다. 뒤쫓던 현오는 과도하게 현란하고 화려한 빛에 어지러움을 느껴 잠시 숨을 골라야 했다. 두 사람은 편의점에 들어가더니 한참 후에 불룩한 비닐봉지를 들고 나와 다시 거리를 걷기 시작했다. 그리고 잠시 주변을 두리번거리더니 방향을 틀어 후미진 뒷골목으로 들어갔다. 현오의 심장은 터질 것처럼 쿵쾅거렸다. 여기까지 따라오면서 떠올렸던 불길한 상상들이 점점 현실로 다가오는 것 같아 두려웠다. 뒤따라 골목으로 들어간 현오는 마침내 모텔 입구로 들어가는 두 사람을 확인했다.

마치 몸이 굳어버린 것처럼 그 자리에서 움직일 수 없었다. 온몸이 떨렸다. 현오의 머릿속엔 민영과 남자가 저 안에서 벌일 장면들이 뒤죽박죽 쉴 새 없이 떠올랐다. 언젠가 넋 놓고 봤던 수많은 영상 속 인물들이 민영과 남자로 대체됐다. 서로의 옷을 벗기고, 격렬한 키스와 애무가 이어지고, 침대 위에서 뒤엉켜 서로를 거칠게 탐하는 장면. 현오는 현기증이 날 것 같았다. 무엇을 위해 여기까지 따라온 걸까? 이건 나의 의지일까? 아니면……. 현오는 왼손의 장갑을 벗어 손바닥을 얼굴 앞으로 가져왔다. 눈동자를 보고 싶었지만 보이는 건 창백해진 채 떨고 있는 자기 얼굴뿐이었다. 손바닥의 눈동자는 깜빡거리지도 않고 부릅뜬 채 현오를 노려보았다.

한참을 그렇게 서 있던 현오는 갑자기 왼손을 이리저리 휘두르며 주변을 훑어보았다. 그리고 전봇대 아래에서 벽돌을 발견하고 오른손으로 집었다. 벽돌을 들고 모텔 앞에 선 현오는 어딘가 정신이 나간 듯 보였다. 부들부들 떨리는 손으로 쥔 벽돌을 어깨 위로 들어 올려 모텔 입구를 향해 온 힘을 다해 던졌다. 하지만 손에서 미끄러진 벽돌은 힘없이 날아가 입구의 유리문에 부딪힌 뒤 바닥에 떨어졌다. 소리만 크게 났지 아무런 일도 일어나지 않았다. 잠시 뒤 모텔 직원이 문을 열고 나오자 현오는 그제야 정신을 차리고 곧바로 뒤돌아 달리기 시작했다.

*

온몸이 땀으로 젖었다. 손바닥에도 땀이 흥건했다. 땀이 들어갔는지 왼손바닥의 눈이 따끔거렸다. 집으로 돌아온 현오는 방구석에 앉아 부릅뜬 검붉은 눈동자가 자신을 노려보았던 순간을 다시 떠올렸다. 분명 그때 자신의 귀에 속삭이는 듯한 목소리를 들었다.

저 새끼에게 뺏기면 안 돼. 죽여버려!

눈동자의 목소리였다. 현오는 거울을 통해 눈동자를 보았다. 두려웠다. 자신이 점점 눈동자의 지배를 당하고 있다는 걸 깨달았다. 오늘은 비록 바보 같고 초라한 결과로 끝났지만 이대로 계속 있다간 앞으로 자신이 무슨 짓을 할지 전혀 예상할 수 없었다.

도움이 필요했다. 누나의 말처럼 사람들에게 사실을 알리고 함께 고민해야만 했다. 그렇다고 아무에게나 알리고 싶진 않았다. 자신이 믿을 수 있고, 자신을 진심으로 이해해 줄 수 있는 사람. 그런 사람이어야만 했다. 현오는 이상하게도 민영 외에는 다른 누구도 떠올릴 수 없었다. 오늘 자신에게 큰 충격과 분노를 안겨 준 그녀였지만, 그것과 별개로 그녀라면 분명 마음을 다해 도와줄 것 같았다. 아니, 사실 도와주지 않아도 상관없었다. 현오는 이제 자신의 비밀을 알려서라도 그녀의 관심을 받고 싶었다. 어떻게든 그녀의 흥미를 끌고 그녀와 함께 있을 수 있길 바랐다. 그게 솔직한 심정이었다. 거울 속 눈동자가 살짝 흔들리며 알 수 없는 눈빛으로 현오를 바라보았다.

며칠 후, 현오는 복지관 프로그램이 모두 끝난 후 로비 구석에 앉아 있었다. 민영에겐 여기에서 만나고 싶다는 말을 전해 놓은 상태였다. 다른 사람을 통해 전달한 거라 그녀가 수락했는지 알 수 없었지만 현오는 그녀가 분명 올 거라고 믿었다. 다행히 로비엔 아무도 없었고 적막만이 흘렀다. 너무나 조용해서 평소보다 크게 뛰는 심장 소리가 귓가에 선명하게 들리는 것 같았다. 현오는 심장 박동에 집중한 채 가만히 민영이 오기만을 기다렸다. 얼마나 그러고 있었을까. 저편에서 인기척이 느껴지더니 익숙한 목소리가 들렸다.

"오래 기다리셨죠? 죄송해요. 급하게 처리해야 할 것들이 있어서."

민영의 목소리를 듣자 그날 모텔 앞에서 했던 상상이 다시 떠올랐다. 현오는 스멀스멀 피어오르는 비참한 감정을 드러내지 않기 위해 애써야만 했다.

"그런데 하고 싶다는 말씀이 뭐예요?"

민영이 빨리 본론으로 들어가자는 듯 현오에게 물었다. 민영의 목소리에는 조금 귀찮아하는 듯한 느낌이 묻어 있었다. 어쩌면 바쁜 와중에 어쩔 수 없이 나온 걸지도 몰랐다. 현오는 민영이 앉은 방향으로 몸을 돌렸다. 그리고 조심스럽게 말을 꺼냈다.

"쌤이 절 도와주셨으면 해요."

"뭐죠? 고민 같은 건가요?"

민영이 자세를 고쳐 앉는 게 느껴졌다. 그러면서 민영의 체취가 느껴졌다. 늘 같은 향기. 그 냄새를 맡자 왠지 긴장이 조금 풀리는 것 같았다. 현오는 용기를 냈다.

"사실, 전 앞을 볼 수 있어요."

민영은 잠시 아무 말도 없다가 그게 무슨 소리냐고 물었다. 현오는 천천히 왼손의 장갑을 벗었다. 그리고 민영의 얼굴 앞으로 주먹 쥔 왼손을 내밀었다. 왼손은 가늘게 떨리고 있었다. 민영은 영문을 몰라 그저 가만히 현오의 얼굴과 왼손을 번갈아 보기만 했다.

"아마도 쉽진 않겠지만, 놀라지 않으셨으면 해요."

현오는 크게 심호흡을 한 뒤 주먹을 쥐고 있던 왼손을 조심스럽게 펼쳤다. 손바닥 한가운데 닫혀 있던 주름이 위아래로 벌어지며 커다랗고 붉은 눈동자가 모습을 드러냈다. 현오의 시야에 미간을 잔뜩 찌푸리고 두 눈을 가늘게 뜬, 마치 난해한 수학 공식을 보는 듯한 민영의 표정이 들어왔다. 민영은 손바닥 위의 정체를 바로 알아채지 못했다. 하지만 눈이 천천히 깜빡이자 그제야 알아보고 기겁했다. 자리에서 벌떡 일어나 새하얗게 질린 얼굴로 도망치듯

뒷걸음질 쳤고, 그러다 의자에 발이 걸려 넘어졌다.

"괜찮으세요?"

왼손을 뻗은 채 자신에게 다가오는 현오를 향해 민영은 있는 힘껏 비명을 질렀다. 텅 빈 로비에 민영의 비명이 날카롭게 울렸다. 비명을 들은 직원들이 사무실에서 나왔고, 넘어져 있는 민영을 보고 무슨 일이냐고 외치며 달려왔다. 어제 그 남자가 다가와 민영을 부축했다. 현오는 놀라고 당황해서 어쩔 줄 모른 채 안절부절 서 있기만 했다.

"괴, 괴물이야!"

민영이 손가락으로 현오를 가리키며 외쳤다. 그녀의 목소리는 공포에 질려 있었다. 남자를 비롯한 다른 직원들의 시선이 한꺼번에 현오에게 집중됐다.

"저게 뭐야?"

끔뻑거리는 검붉은 눈동자에 사람들은 경악했다. 현오는 본능적으로 왼손을 오므렸다. 그리고 몸을 돌려 도망쳤다. 사람들에게 정체를 알리고 도움을 청하겠단 생각 따윈 이제 머릿속에 없었다. 왼손으로 제대로 앞을 보지 못해 도망치는 동안 이곳저곳 부딪히고 걸려 넘어졌다. 하지만 아파할 새가 없었다. 여기서 사람들에게 잡혔다간 감당할 수 없는 상황을 맞이하게 될지도 몰랐다. 어서 빨리 어디론가 도망가 숨어야만 했다.

*

집으로 돌아온 현오의 머릿속에서 민영의 모습이 떠나지 않았다. 공포와 두려움에 질린 얼굴로 자신에게 괴물이라고 비명을 지르던 그녀. 있는 그대로를 보여주면 그녀가 도와줄 거라고 순진하게 생각한 자신이 너무나 한심했고 바보처럼 느껴졌다.

현오는 이제 확실히 깨닫게 되었다. 사람들에게 자신은 그저 끔찍하게 생긴 외눈박이 괴물일 뿐인 것을. 손바닥에 눈이 있는 이상 누구와도 가까워질 수 없고, 누구에게도 받아들여질 수 없었다. 가까이 다가가려 할수록 상처만 받는 삶. 그게 자신의 삶인 걸 알게 되었다.

현오는 쪼그리고 앉아 고개를 숙였다. 이제 어떻게 해야 하는 건지 혼란스러웠다. 미동도 없이 한참을 고민하던 현오는 마침내 지금 당장 해야 할 행동이 무엇인지 결심할 수 있었다.

넌 이제 필요 없어. 난 괴물로 살지 않을 거야.

순간 현오는 왼쪽 손바닥이 축축해진 걸 느꼈다. 거울

을 통해 보니 손바닥의 눈에서 눈물이 흐르고 있었다. 그건 손바닥의 눈동자 스스로 흘리는 눈물이었다. 슬픔의 눈물은 아니었다. 현오는 자신이 이제 곧 할 행동을 눈동자가 두려워하고 있다는 것을 깨달았다. 눈동자의 눈물은 두려움과 공포의 눈물이었다.

거울 앞에 서서 눈동자를 노려보던 현오는 왼손을 내리고 주방으로 향했다. 손바닥의 눈은 이제 현오의 의지와는 상관없이 이리저리 제멋대로 눈알을 굴리더니 끝내 질끈 감아버리고 뜨지 않았다. 하지만 현오는 앞이 보이지 않아도 상관없었다. 손을 더듬어 익숙한 위치의 서랍을 열고 항상 놓여 있는 곳에 있던 식칼을 찾아 오른손으로 꺼내 들었다. 그리고 왼손바닥을 펼치고 칼끝을 눈동자가 있는 손금에 갖다 대었다. 닫힌 주름 틈으로 계속해서 눈물이 새어 나왔다. 현오는 주저하지 않고 오른손에 힘을 주었다. 칼끝이 주름 사이로 파고 들어갔고, 피와 눈물이 섞인 검붉은 액체가 왼쪽 손바닥의 손금을 타고 흘러내렸다.

그리고 현오의 감은 두 눈에서도 눈물이 흘러내렸다. 이번에도 오랫동안 눈물이 흐를 거라는 걸 현오는 희미하게 예감할 수 있었다.

이상한 세상을 바꿀 수 있는 건

난 커다란 반창고가 붙어있는 내 왼손바닥을 바라보았다. 이제 의심이나 주저함은 없었다. 내가 해야 할 일은 명확했다. 내가 할 수 있다면 막아야 한다. 그게 누구도 이해하지 못하고 이유도 없는 일방적인 폭력과 희생이라면 더더욱.

이상한 세상을 바꿀 수 있는 건

 우거진 관목 사이로 고양이 한 마리가 느릿느릿 지나갔다. 고양이를 좋아한다는 김은 새롭게 발령받은 사무실이 집에서 멀어 불만이었지만, 근처 공원에서 고양이들을 볼 수 있는 건 반가워했다. 난 김에게 이 고양이들은 오래전부터 근방에 살던 애들인데 재개발로 뿔뿔이 흩어졌다가 공원이 생기면서 다시 모인 거라고 얘기해줬다. 전자담배를 피우던 김은 고개를 끄덕이며 신기해했다.
 "공원이 생겨서 그나마 다행이네요. 갑자기 살던 곳이 없어졌을 때 쟤들도 얼마나 당황했겠어요."
 사실 정확한 건 아니었다. 내 기억에 재개발되기 전에도 이 동네에는 골목골목마다 고양이들이 많았고, 재개발

이후엔 여기 공원에 많으니 그저 그렇지 않을까 추측한 거였다. 고양이들을 계속해서 유심히 관찰하지 않은 이상 같은 고양이인지 아닌지 알 턱이 없다. 뭐 아무려면 어떤가. 김도 딱히 내 말을 진지하게 받아들인 것 같지는 않았다. 천천히 담배 연기만 내뿜던 김이 나에게 말했다.

"선배, 뉴스 봤어요? 길고양이 잡아다 죽인 놈 잡힌 거."

며칠 전 본 뉴스였다. 길고양이를 혐오한다며 수십 마리의 고양이를 잡아다 잔인하게 죽인 뒤 집안에 사체를 숨겨둔 범인은 결국 사체가 썩으며 난 악취를 수상히 여긴 주민들의 신고로 범행이 발각되었다.

"봤죠. 그놈 집이 바로 저쯤이잖아요. 여기 고양이들도 당한 거 아닌가 싶어 걱정했다니까요."

"세상에 참 미친 놈들 많아. 그렇죠?"

김은 한숨을 쉬었고 담배 연기도 한숨을 따라 길게 허공으로 흩어졌다.

"그런데 더 끔찍한 게 뭔지 아세요? 그런 놈들이 한둘이 아니라는 거예요. 고양이 혐오 커뮤니티가 있다니까요. 지들끼리 고양이를 학대하거나 죽이는 영상 같은 걸 공유한대요, 글쎄. 고양이를 털바퀴라고 하면서."

"털바퀴?"

"털 달린 바퀴벌레."

세상에나. 난 소리 없이 탄식했다. 하다 하다 이제 길고양이까지 혐오의 대상이 되었다니. 이 세상엔 혐오의 대상과 방법이 참으로 무궁무진하다는 생각이 들었다. 장애인, 성 소수자, 외국인, 남성과 여성, 거기에 동물까지. 자신과 다르다는 이유만으로 노골적으로 배척하고 혐오하는 행태를 도대체 어떻게 이해해야 하는 걸까? 관련 세미나 같은 모임에 참석하거나 책을 보면서 혐오가 판치는 이유를 조금 더 자세히 알아보려 했지만 아직은 부족했다. 내가 알지 못하는 다른 세계를 파악하고 이해하기 위해서는 더 적극적인 노력이 필요하다.

문득 하나가 그런 혐오의 대상이 된다고 생각하니 끔찍했다. 요 며칠간 야근 때문에 하나를 보지 못했는데, 오늘 밤엔 아무리 늦어도 하나의 밥을 챙겨줘야겠다고 결심했다. 하나는 내가 1년 넘게 밥을 주고 있는 길고양이다. 1년 전 이사 온 지금의 집은 오래된 다가구 주택의 1층이라 이런저런 불편한 점이 많았지만 회사와 매우 가까웠고, 무엇보다 독립적으로 사용할 수 있는 뒷마당이 있다는 점이 마음에 들었다. 이사 오고 며칠 후 뒷마당에 길고양이 몇 마리가 돌아다니는 걸 알게 되어 사료를 놓아주기 시작했는데, 그때부터 지금까지 꾸준히 오는 고양이는 하나뿐이었다. 하나라는 이름은 집의 이름인 하나드림빌에서 따왔다. 한 마리가 더 있었으면 아마 드림이라고 불렀겠지.

"아 선배, 그러고 보니 며칠 전 출근길에 조금 특이한 광경을 봤는데요. 요 앞에서."

담배를 다 피우고 주머니에 손을 넣은 채 멍하니 서 있던 김이 갑자기 생각났다는 듯 호들갑스럽게 말했다.

"어떤 거요?"

"글쎄 어떤 할아버지가 고양이를 몰고 다니면서……"

고양이 할아버지를 본 모양이었다. 처음 본 사람에겐 분명 범상치 않은 풍경이긴 했다. 난 고개를 끄덕이며 별거 아니라는 듯 말했다.

"아, 고양이 할아버지라고 그분 이 동네에서 유명하지."

적어도 여든 살은 넘었을 것 같고, 왜소한 체형에 까무잡잡한 얼굴, 그리고 백발에 가까운 짧은 회색 머리칼 등 겉으로 보이는 모습은 딱히 특별할 게 없었다. 옷과 신발이 낡고 촌스럽긴 했지만 더럽진 않았고 그저 동네에서 흔히 볼 수 있는 평범한 할아버지의 모습이었다. 그런데 가끔 모습을 나타내는 그 할아버지가 사람들의 이목을 끄는 이유는 항상 수많은 고양이를 거느리고 나타나기 때문이었다. 보통 열 마리도 넘는 고양이들이 그의 주변을 맴돌거나 그의 뒤를 따라다녔다. 길고양이인지 아니면 그가 키우는 고양이인지는 알 수 없었다. 할아버지가 고양이와 함께 나타나면 사람들은 신기하다며 사진을 찍기도 했고, 몇몇은 고양이들에게 간식을 주려고도 했다. 그런데 고양이들은 그러한 것에는 전혀 관심도 보이지 않고 오로지 할아버지 주변만 맴돌면서 그만 따랐다.

"어떻게 고양이들이 한 사람만 졸졸 따라다닐 수 있죠? 정말 신기하더라고요."

"맞아, 무슨 피리 부는 사나이도 아니고."

사실 할아버지의 정체를 정확히 알고 있는 사람은 아무도 없는 것 같았다. 심지어 할아버지와 고양이들이 어디서 나타나는지, 그리고 어디로 사라지는지 정확히 본 사람도 없었다.

"혹시, 그 할아버지도 길고양이들을 그렇게 유인해다가 아무도 모르게 죽이는 거 아닐까요? 보니까 고양이들을 딱히 이뻐하는 것처럼 보이지도 않던데."

"설마."

난 미간을 찌푸리며 손사래를 쳤다. 분명 할아버지는 미스터리한 존재였지만, 그래도 그런 사이코패스는 아닐 것 같았다. 물론 겉모습만으로 판단할 수는 없지만, 그는 고양이를 죽이기는커녕 여차하면 고양이들에게 물려 죽을 수도 있을 것처럼 약해 보였다. 난 벤치에서 일어나 천천히 기지개를 켰다.

"에이, 그런 사람이면 벌써 걸리지 않았을까? 정말 주도면밀하지 않은 이상."

"모르죠. 솔직히 누가 길고양이들 신경이나 쓰나요. 매일 몇 마리씩 사라져도 아무도 모를걸요."

딱히 틀린 말은 아니었다. 길고양이들이 아무도 모르게 사라져도 신경 쓰는 사람은 별로 없을 것이다. 갑자기 고양이들이 불쌍하게 느껴졌다. 난 벤치 위에 놓아두었던 텀블러를 들었다.

"이제 슬슬 사무실에 들어갑시다. 한 시 다 됐어."

김은 혼잣말로 다음부터는 고양이 간식이라도 갖고 와야겠다며 앞장서서 사무실로 향했다. 벤치 위에 김이 놓고 간 플라스틱 테이크아웃 잔이 덩그러니 놓여 있었다. 난 김에게 얘기할까 하다가 그가 일부러 그런 게 아니란 걸 알기에 그냥 아무 말 없이 집어 쓰레기통에 버렸다. 사람들이 이런 사소한 것에도 조금 더 신경 썼으면 했지만, 내가 나서서 요구하는 건 유난스럽게 보일까 봐 망설여졌다.

사무실로 돌아가던 중 아까 고양이가 지나갔던 관목 사이를 슬쩍 돌아보았다. 당연하게도 고양이는 그곳에 없었다. 난 어깨를 으쓱한 뒤 오늘 저녁엔 하나에게 꼭 밥을 주자고 다시 한번 더 다짐했다.

*

뒷마당에서 날 기다리고 있는 하나를 발견하고 반가운 마음으로 그릇에 사료를 담고 있을 때였다. 누군가의 목소리가 들렸다.

"너에게 할 말이 있다."

작은 소리였지만 또렷하게 들렸다. 난 깜짝 놀라 고개를 들어 주변을 둘러보았다. 하지만 뒷마당엔 아무도 없었다. 단지 하나가 어둠 속에서 반짝이는 눈으로 나를 보며 먼발치에 가만히 앉아 있을 뿐이었다. 난 하나를 잠시 바라보다 고개를 갸웃하고 다시 그릇에 사료를 담으려 했다.

"내가 말한 게 맞다."

또다시 목소리가 들렸고, 방금보다 더 놀란 난 하마터면 사료 봉지를 떨어뜨릴 뻔했다. 소리가 들려온 곳으로 고개를 돌리니 하나가 천천히 나를 향해 걸어오고 있었다.

"놀랐겠지만 겁먹지는 마라. 나는 귀신도 아니고 괴물도 아닌 단지 고양이일 뿐이니까. 너에게 할 말이 있으니 시간을 내주었으면 한다."

하나의 작은 입이 위아래로 움직였고 목소리는 바로

그곳에서 흘러나왔다. 중저음에 굉장히 점잖고 예스러운 말투였다. 고양이가 말을 한다면 왠지 귀여운 목소리로 냥이나 옹으로 끝나야만 할 것 같았는데 하나의 말투는 전혀 그렇지 않았다. 하지만 지금 말투 따위가 중요한 게 아니었다. 고양이가 말을 하다니! 이건 분명 말도 안 되는 비현실적인 상황이었다. 하지만 이상하게도 난 별다른 의심이나 거부감 없이 이 상황을 받아들이고 있었다. 너무나 갑작스러우면 그럴 수조차 없는 모양이었다. 난 하나에게 대답하는 대신 고개를 끄덕여 보였다. 하나는 고개를 이리저리 돌려 주변을 둘러보았다.

"실례가 안 된다면 안에서 얘기하고 싶네. 밖은 위험할 수도 있어서."

무엇이 위험하다는 건지 알 수 없었지만 난 들어와도 괜찮다고 했고, 하나는 곧바로 문턱을 소리도 없이 사뿐하게 넘어 집 안으로 들어왔다. 거실이자 주방인 협소한 공간에 작은 상을 펴고 하나를 그 앞으로 안내했다. 방석은 없고 필요하면 담요라도 깔아주겠다고 했더니 하나는 그럴 필요까지는 없다고 했다. 난 뭔가 대접해야만 할 것 같아 냉장고를 열어보았다.

"커피나 차 마시니? 우유도 있고. 아니면 맥주?"

하나는 잠시 생각하다 우유가 좋다고 했다. 접시에 우

유를 따라 앞에 놓아주었더니 하나는 고맙다고 한 뒤 고개를 숙여 혓바닥으로 빠르게 몇 번 핥짝거렸다. 그러고는 앞발과 혀를 이용해 입 주변을 정돈했다. 가만히 보고 있으려니 그 모습이 너무 귀여워 나도 모르게 미소가 지어졌다. 하지만 하나는 내 표정은 신경도 쓰지 않고 자세를 고쳐 앉은 뒤 말했다.

"우선 이렇게 갑자기 나타나 시간을 뺏어서 미안하네. 피치 못할 사정이 있으니 이해해 주었으면 하네."

난 괜찮다고 했다. 그리고 냉장고에서 꺼내온 캔맥주를 따서 한 모금 마셨다.

"먼저 내 소개를 해야겠지. 난 고양이 372호라네. 물론 이건 우리 세계에서의 이름이고, 넌 나를 하나라고 부르지. 그 이름도 나쁘진 않아. 편할 대로 부르게."

왜 372호인지 궁금했지만 지금 가장 궁금한 건 그게 아니었다. 난 하나에게 조심스럽게 물었다.

"그런데, 어떻게 인간 말을 할 수 있지? 모든 고양이가 그럴 수 있는 건가?"

하나는 고개를 가로저었다. 고대부터 특별한 선택을 받은 동물만이 고도의 언어 구사와 사고가 가능하다고 했다. 하지만 구체적으로 설명하는 건 어렵고 설명해도 분명 이해하지 못할 거라고 했다.

"그러니 그냥 받아들이게. 그게 너한테도 편할 거야."

난 고개를 끄덕일 수밖에 없었다. 고양이가 그냥 받아들이라는데 도대체 뭘 할 수 있겠는가. 하나는 앞발로 입을 가리고 가볍게 목청을 가다듬었다.

"자네와 이런저런 대화를 나눌 수 있으면 좋겠지만, 애석하게도 그렇게 여유가 있지는 않다네."

쓸데없는 질문은 자제해 달라는 말을 굉장히 정중하게 돌려 말할 줄 아는 예의 바르고 센스있는 고양이었다. 난 괜히 무안해서 그러면 빨리 용건을 말하라고 조금은 퉁명스럽게 말했다. 하나는 잠시 주변을 둘러보았다. 꼭 엿듣고 있는 누군가가 없는지 살피는 것 같았다. 그러고는 동그란 눈으로 나를 똑바로 바라보며 말했다.

"인간 세계에 곧 큰 위험이 닥칠 거야."

어떤 반응을 보여야 할지 난감했다. 순간적으로 실소가 나오려는 걸 간신히 참았다. 난 애써 무표정한 얼굴을 유지하며 그게 무슨 소리냐고 되물을 수밖에 없었다. 나의 반응을 이해한다는 듯 하나는 작은 머리를 살며시 끄덕였다. 그리고 살짝 뜸을 들이다 마침내 입을 열었다.

"이 도시엔 인간만의 세계가 있는 게 아니라네. 인간들은 모르는 동물들만의 세계가 오래전부터 존재해 왔지. 그 세계에 속해있는 모든 동물 중 고양이 종족이 가장 영리하고, 그래서 고양이 종족의 우두머리인 고양이 1호는 동물 세계의 최고 통치자를 맡고 있지."

동물들만의 세계? 고양이 1호? 머리가 어질했지만 지금은 무언가를 이해하려 노력하는 게 무의미하다고 스스로 되뇌었다. 그래, 그저 받아들이자. 고양이 372호가 있으면 고양이 1호도 당연히 있겠지. 아무렴.

오래전부터 동물들은 인간 세계에 해를 끼치지 않고 최대한 균형을 이루며 지내려 노력해 왔다고 하나는 말했다. 하지만 점점 커지는 인간들의 탐욕과 이기심은 동물들의 세계를 무분별하게 파괴했고, 심지어 동물들을 향한 이유 없는 혐오를 드러내며 커다란 위협을 주고 있다고 했다. 이에 많은 동물들이 인간들에게 자신들의 무서움을 보여줘야 한다고 강력하게 요구했지만 고양이 1호는 신중했다고 했다. 인간과 물리적 충돌이 발생했을 때 어떠한 결과가 초래될지 예상할 수 없다며, 그러니 조금 더 지켜보자며. 하지만 얼마 전 고양이 살해 사건의 실체를 알게 된 후 그도 결국 인내의 한계에 다다랐다고 했다.

"동족의 처참한 주검을 보게 된 고양이 1호는 이성을 잃을 정도로 극렬하게 분노했다네. 마침내 가만히 있으면 안 된다는 의견을 받아들였고, 결국 인간들에게 복수하겠다고 결심했지."

"복수? 어떻게?"

하나는 잠시 말을 멈추고 천천히 심호흡했다. 그의 둥그런 등이 부드럽게 오르락내리락했다.

"바로 어제 고양이 1호는 모든 동물을 소집시켰어. 수천수만 마리의 온갖 절지류, 조류, 파충류, 포유류들이 이제 곧 이 도시로 모일 걸세. 그들이 고양이 1호의 명령에 따라 동시에 활동을 시작하면 도시에 위험이 닥치게 될 거야. 멸망까지 이를 수도 있는 큰 위험이지."

고작 동물들일 뿐인데 인간 문명이 망한다는 하나의 말에 나는 슬그머니 의심이 들기 시작했다. 마치 이런 내 생각을 읽은 듯 하나는 말했다.

"넌 분명 말도 안 된다고 생각하겠지만 그리 어려운 것도 없다네. 전기나 통신 시스템만 마비돼도 도시의 인간들은 아무것도 할 수 없지 않나. 수천수만 마리의 쥐와 개미들이 동시에 물어뜯기 시작하면 웬만한 설비를 파괴하고 건물을 붕괴시키는 건 일도 아니라네. 그리고 무엇보다 인간들에게 가장 치명적인 건 바로 전염병이야. 동물 중엔 인간들이 그동안 겪어보지 못한 온갖 강력한 바이러스의 숙주가 있네. 만약 그 바이러스가 퍼진다면? 인간들의 멸종은 시간 문제지."

하나의 얘기를 어떻게 받아들여야 할지 도저히 판단이

서지 않았다. 인간의 말을 할 줄 아는 이 작은 고양이를 과연 전부 믿어도 되는 걸까? 난 마른침을 삼켰고, 그 소리는 유난히 크게 들렸다.

"그런데, 도대체 왜 나한테 이 얘기를 해주는 거지? 정말 그런 거라면 너희들 마음대로 하면 되는 거잖아."

하나는 잠시 눈을 감았다가 떴다. 동그란 검은 눈이 반짝였다.

"넌 내 얘기가 어딘가 이상하고 논리적으로 안 맞는다는 생각이 안 드는가?"

솔직히 지금 이 상황에서 이상하지 않은 건 하나도 없었다. 하지만 난 아무 말도 하지 않고 그저 하나를 가만히 바라보았다.

"사실 우리 세계를 위협하고 피해를 주는 인간은 극히 소수일 뿐이야. 이 세상 대다수 인간은 그저 평범한 삶을 살아가고, 그중에선 우리를 관심과 호의로 대하는 선한 인간들도 상당히 많지. 일부 악인 때문에 인간 세계 전부를 대상으로 복수를 한다는 건 논리적으로 맞지 않을뿐더러, 고대부터 평화와 정의를 지켜온 우리 고양이가 해서는 안 될 행동이란 말일세. 하지만 이미 노쇠해서 판단력이 흐려진 고양이 1호는 이러한 의견에 귀를 기울일 생각조차 안해. 그의 주변엔 온갖 이설로 그를 부추겨 인간 세계를 없애고 다시 동물만의 세계를 세우길 원하는 족속들뿐이지."

하나의 목소리는 처음과 다르게 살짝 격앙돼 있었다. 자신도 느꼈는지 잠시 숨을 고르고 목소리를 가다듬었다. 그러고는 다시 차분해진 목소리로 말했다.

"그들의 계획을 막아야만 한다네."

"그래, 좋아. 당연히 막아야지. 알겠어, 알겠는데, 그런데 도대체 왜 그 얘기를 나한테 해주는 거냐고?"

하나는 나를 정면으로 바라보며 말했다.

"왜냐하면, 그렇게 하기 위해선 너의 도움이 필요하기 때문이다."

갑자기 숨이 턱 막힌 난 기침을 콜록거렸다. 오만상을 짓고 한참 동안 하나를 바라보다가 맥주캔을 집어 벌컥벌컥 마셨다. 맥주는 이미 식어 미지근했다. 난 하나에게 도대체 그게 무슨 소리냐고 물었다.

"고양이 1호를 막기 위해서는 선한 인간의 피가 필요하다네. 그리고 난 그 선한 인간이 너라고 확신했어."

맙소사. 이건 또 무슨 기절초풍할 소리인가? 선한 인간의 피라니! 난 질린 표정을 지었다.

"내 피가 필요하다는 게 무슨 의미야? 날 제물로 바치기라도 하겠다는 거야?"

난 이제 살짝 화가 난 것 같기도 했다.

"널 죽이거나 하는 건 아니야. 그저 네가 자발적으로 아주 적은 양의 피만 떨어뜨려 주면 돼. 우물 안으로."

"우물?"

"너도 이미 알고 있는 우물이야. 사무실 근처 공원에 있는 우물 말일세."

사무실이 있는 지역은 수백 년 역사를 가진 지역이었는데 재개발할 때 역사를 보존한다며 지역의 옛 자취 일부를 공원에 남겨 놓았다. 건물터와 주춧돌, 실개천이 흐르던 도랑, 그리고 우물 같은 것들. 하지만 옹색하게 보존된 역사적 흔적은 제대로 관리가 되지 않아 사람들의 시선을 전혀 끌지 못한 채 방치되고 말았고, 몇몇 한심한 인간들은 가끔 우물 구멍을 향해 농구를 하듯 쓰레기를 던지기도 했다. 그런 우물에 내 피를 떨어뜨려야 한다는 말이었다.

난 크게 한숨을 쉬고 남아있던 맥주를 한 번에 마셔버렸다. 어쩌면 지금 이 순간이 꿈일지도 모른다는 의심이 이제야 들었다. 말하는 고양이라니. 세상에 이토록 비현실적인 상황이 또 어디 있겠는가. 난 자포자기하는 심정으로 말했다.

"끝까지 들어보기나 하자. 그래서, 내가 뭘 해야 하는 거지?"

"갑자기 이렇게 나타나서 이런 부탁을 하는 걸 나도 진심으로 미안하게 생각하네. 하지만 시간이 얼마 남지 않았어. 고양이 1호를 막기 위해, 그래서 인간 세계를 무사하게 지키고 그 속에 사는 선량한 인간들을 보호하기 위해 우리는 네가 꼭 필요해."

하나는 진지한 표정으로 내가 해야 할 일을 빠르게 설명해 줬다. 요약하자면 이랬다. 고양이 1호가 동물들에게 인간 세계를 공격하라는 명령을 내리기 위해서는 주술적인 힘이 필요한데, 그 힘을 얻기 위해서는 특별한 시기에 특별한 장소에 있어야만 했다. 특별한 시기는 거대한 보름달이 뜨는 날이고, 특별한 장소가 바로 사무실 근처의 우물 안이었다. 밤 12시, 보름달이 우물 입구 위에 수직으로 떴을 때 내 손바닥에 상처를 내서 고양이 1호가 있는 우물 안으로 피를 흘리면 보름달의 영묘한 기운이 반감되고 고양이 1호는 원했던 힘을 가질 수가 없게 된다. 그러면 인간들을 향한 동물들의 계획은 무산될 수 있다.

"3일 후 금요일이 보름이라네. 그날은 지구와 달의 거리가 70년 만에 가장 가까워 지금까지 본 것과는 차원이 다른 엄청난 크기의 보름달이 뜰 걸세. 그 거대한 크기만큼이나 고양이 1호가 갖게 될 힘도 어마어마할 테지. 만약 이번 시기를 놓친다면 고양이 1호는 다시 오랜 시간을 기다려야 해."

난 하나에게 잠시 양해를 구하고 냉장고 문을 열었다. 입안이 바짝 말라 맥주를 한 캔 더 마실까 했는데, 왠지 술을 더 마시면 안 될 것 같아 생수를 한 병 꺼냈다. 물을 마시며 생각을 정리한 뒤 조심스럽게 말했다.

"그런데 말이야, 아까 선한 인간의 피가 필요하다고 말했잖아. 그렇다면 나에게 부탁하면 안 되지. 난 선한 인간이 아니야. 그럴 리가 없어."

하나는 고개를 저으며 단호하게 맞다고 말했다.

"판단은 내가 하는 거니 자신을 의심하지는 말게. 사실 그동안 계속 널 지켜봤어. 단지 길고양이에게 밥을 주고 유기 동물 보호소에서 봉사활동을 하기 때문만은 아니야. 재활용 쓰레기의 분리수거를 누구보다 열심히 하고, 1회용품을 적게 쓰려고 노력하지. 아직 시작 단계이지만 육식을 줄이려 하고 있다는 것도 알아. 그리고 네가 혐오와 차별을 반대하는 모임에 꾸준히 참석하고 있다는 사실도 알고 있고. 게다가……"

"알겠어, 알겠어, 그만. 도대체 그런 건 어떻게 알고 있는 거야. 좋아, 네가 좋을 대로 판단해. 어차피 내 말은 들을 것 같지도 않으니. 그러면 하나만 더 물어보자. 우물에 피를 흘리는 건 알겠는데, 동물들이 과연 내가 그냥 우물가로 뚜벅뚜벅 걸어가 손을 뻗어 피를 흘리도록 가만히 둘까? 그렇게 중요한 순간인데?"

내 말에 하나의 표정이 어두워졌다. 아니, 표정에는 변화가 없었다. 그저 내가 느끼기에 그랬다.

"그날 우물 주변에는 분명 동물들의 경비가 삼엄할 테고, 수상한 인간의 접근을 가만히 내버려두진 않을 거야. 그래, 분명 쉽지는 않을 테지. 하지만 약속하겠네. 네가 우물에 안전하게 다가갈 수 있도록 우리도 최선을 다하겠다고."

우물 근처에서 동물들이 서로 치열하게 물고 뜯으며 싸우는 광경이 상상되었고 나도 모르게 헛웃음이 나왔다. 고양이가 하는 약속을 믿어야 하는 건가? 당장 어떤 말도 할 수 없었다. 생각을 정리할 시간이 필요했다. 그때, 하나가 돌연 뒷문을 향해 몸을 돌리고 경계 자세를 취했다.

"쉿! 뭔가가 근처에 왔다. 아마도 고양이 1호의 부하겠지."

당황스러운 표정을 짓고 있는 나에게 하나는 창문이 있는 곳을 알려달라고 했다. 난 침실 창문으로 하나를 안내했다. 창문을 열자 하나는 가볍게 점프해서 창틀에 올라 나를 돌아보았다.

"머릿속이 복잡하고 혼란스러울 거야. 하지만 지금 이 순간은 분명 현실이고, 내가 오늘 말한 건 전부 사실이라네. 결국 선택은 너의 몫이야. 만약 네가 내 말을 무시해 버린다 해도 원망하지는 않을 걸세. 어떠한 선택을 하든 후회하지 않는다면, 그 선택이 옳은 거겠지."

말을 마친 하나는 밖으로 뛰어내리려다 멈칫하더니 다시 몸을 돌렸다.

"그리고, 넌 분명 선한 인간이야. 선함을 행동으로 옮길 수 있는 용기도 갖고 있지. 그렇기에 난 수많은 인간 중 널 선택했어. 난 그 선택을 후회하지 않네."

집에 들어올 때와 마찬가지로 소리도 없이 사뿐하게 뛰어내린 하나는 순식간에 골목의 어둠 속으로 사라졌다. 난 한참 동안 멍하니 짙은 어둠을 응시하다 무심코 하늘을 올려다보았다. 흘러가는 구름 사이로 보름달을 향해 가는 이지러진 노란 달이 살짝 보였다. 갑자기 주체할 수 없는 거대한 피로감이 몰려오는 걸 느꼈고, 결국 난 그대로 쓰러져 깊은 잠에 빠져들었다.

*

다음 날, 아침부터 많은 비가 내렸다. 뉴스에선 일요일까지 계속되는 비가 겨울비치고는 이례적으로 많은 양이 될 거라 했다. 기상전문가들은 심각한 표정으로 12월임에도 불구하고 반복되는 이상고온과 폭우의 원인을 지구온난화로 언급하며, 지구가 점점 뜨거워지는 탓에 앞으로 이러한 이상 기후는 더 잦아질 거라고 말했다. 그러면서 만약 우리가 지구 환경을 위해 지금보다 더 적극적인 노력을 하지 않는다면 영화에서나 보던 암울한 미래가 머지않아 현실이 될 거라고 경고했다.

출근길 지하철에서 스마트폰으로 뉴스를 보면서 요즘 내가 사는 이 세상엔 이상한 일만 가득하다는 생각이 들었다. 계절과 맞지 않는 날씨, 이유를 알 수 없는 전쟁, 비상식적인 온갖 혐오 범죄, 그리고 말하는 고양이와 인간들을 향한 동물들의 복수까지. 아직도 머릿속이 어지러웠다. 어젯밤 일은 과연 현실이었을까? 어쩌면 요즘 며칠간 야근이 계속되다 보니 심신이 지쳐 헛것을 보았던 건 아니었을까? 물론 잠에서 깨 거실에 펼쳐진 상과 그 위에 놓인 우유가 담긴 접시를 보고 적잖이 당황하긴 했다. 하지만 그것만으로 어젯밤 하나가 고양이 1호를 막기 위해 내게 도움을 청했다는 사실이 증명되지는 않는다.

그런 생각이 들기도 했다. 만약 어젯밤 내가 겪은 일이, 그리고 하나로부터 들었던 것이 모두 사실이라고 한다면 지구를 위해선 동물들의 복수가 실행되는 편이 더 좋은 게 아닐까 하는 생각. 인간이 아무리 노력해 봤자 지금 이 세계에 일어나는 문제가 근본적으로 해결될 수 있을 것 같지는 않다. 더군다나 모든 인간이 그런 노력을 할 리도 없다. 누군가가 선한 마음으로 아끼고 보호하고 개선한다 해도, 또 다른 누군가는 분명 악한 마음으로 낭비하고 파괴하고 후퇴시킨다. 아무리 잘해봤자 제로섬 게임을 벗어나기 쉽지 않다. 그렇다면, 지구를 위해선 모든 인간이 아예 사라져 주는 게 가장 확실한 방법 아닐까?

하지만 그럴 수는 없다. 적어도 난 죽고 싶지 않았다. 그리고 그렇지 못한 사람들보다 훨씬 더 많을 선하고 평범한 사람들이 죽는 것도 원하지 않았다. 그렇다면 고양이 1호가 동물에게 명령을 내리는 것을 막아야만 하고, 그러려면 하나는 나의 도움이 필요하다고 했다. 나의 피가 필요하다고. 그런데 왜 하필 날 선택했을까? 난 사람들 앞에 나서는 것도 싫어하고, 피를 보는 건 더욱 싫어하는 겁쟁이일 뿐인데. 생각하면 할수록 머리만 아파졌다. 고양이 1호가 원망스러웠다. 나쁜 인간들만 골라 죽이라고 하면 될 것을.

어느새 뉴스는 어제저녁 일어난 묻지마 폭행과 범인을 저지한 용감한 시민에 관한 보도로 바뀌어 있었다. 한 여성이 일면식도 없는 사람에게 거리 한가운데에서 이유도 모른 채 무참히 폭행을 당하기 시작했는데, 근처에 있던 한 남자가 맨손으로 범인에게 달려들어 그를 저지했다는 뉴스였다. 곧 출동한 경찰에 의해 범인은 체포되었고, 범인을 저지한 남자는 몸싸움 도중 얼굴이 심하게 찢어지는 상처를 입었다. 뉴스엔 얼굴의 절반을 반창고로 가린 남자가 담담한 목소리로 인터뷰하는 영상이 나왔다.

"당연히 해야 할 일을 한 것뿐인데요."

뉴스를 보며 세상엔 분명 선한 마음이 존재한다는 걸 알 수 있었다. 하지만 그것만으로 이 이상한 세상이 과연 변할 수 있을까? 세상에 난무하는 폭력과 혐오, 위험에 맞서기엔 선한 마음은 어쩌면 너무 연약하고 비효율적이란 생각이 드는 것도 사실이었다. 그래서 영상 속 남자가 대단하면서도, 얼굴에 반창고를 붙인 그의 모습이 가여워 보이기도 했다.

어젯밤 하나는 내가 선한 인간이라 했다. 그건 아무래도 상관없다. 하지만 분명한 건 만약 내가 뉴스와 같은 상황을 맞닥뜨린다면, 난 결코 그렇게 행동하진 못한다는 거였다. 선한 마음만으로 행동하는 건 어렵다. 행동하기 위해선 용기가 필요하다. 아무래도 내겐 그런 용기가 없을 것 같았다.

*

이날 오후 난 고양이 1호를 만났다.

오후에 갑자기 예정에 없던 외근이 잡히는 바람에 오전보다 더 거세게 내리는 비를 작은 우산으로 겨우 막은 채 투덜거리며 지하철역으로 향했다. 겨울비 때문인지 거리는 평소보다 더 적막했고 심지어 을씨년스럽기까지 했다. 건널목에 도착해 신호가 바뀌길 기다리고 있는데 누군가 내 옆에 다가와 섰다. 무의식적으로 슬쩍 옆을 바라보니 그는 고양이 할아버지였다.

그는 우산도 쓰지 않고 내리는 비를 그대로 맞아 옷이 이미 흠뻑 젖은 상태였다. 아무리 이상고온이라지만 그래도 12월이었다. 그가 제정신인가 걱정됐다.

"괜찮으세요? 왜 우산도 안 쓰시고……"

나는 작은 우산이나마 그의 머리 위로 기울여주었다. 내 한쪽 어깨에 차가운 빗방울이 떨어졌다. 나의 행동에도 그는 그저 가만히 정면만을 바라보았다. 어느새 신호등은 파란불로 바뀌었고 난 어찌해야 할지 난감했다. 결국 우산을 그에게 주고 지하철역까지 뛰어가야겠다고 마음먹은 순간, 작고 낮은 하지만 위엄있는 목소리가 들렸다.

"우리를 막으려 하지 말게."

"네?"

너무 갑작스럽기도 했고, 실제로 잘 안 들렸기도 해서 난 되물을 수밖에 없었다. 그는 그제야 나를 향해 천천히 몸을 돌렸다.

"372호에게 어디까지 얘기를 들었는지 모르겠네만, 괜히 끼어들었다가 자네가 위험해질 수 있어."

순간 등골이 서늘해졌고 난 나도 모르게 그에게서 한 걸음 뒤로 물러났다. 비를 막아주던 나의 우산이 사라지자 그의 얼굴 주름을 타고 빗물이 흘러내렸다. 그건 뭔가 기묘한 광경이었고 나를 둘러싼 주변의 공기가 크게 흔들린 듯 느껴졌다. 지금 이 순간이 의미하는 건 두 가지였다. 어젯밤 일이 현실이었거나, 아니면 지금도 환상이거나.

난 그의 주변을 흘깃 둘러보았다. 그러고 보니 오늘은 주변에 고양이가 없었다. 잠시 망설이다가 우산을 다시 그의 머리 위로 씌어주며 조심스럽게 물었다.

"혹시, 고양이 1호이신가요?"

그는 대답하지 않았다. 그저 무표정한 얼굴로 나를 바라볼 뿐이었다. 나는 마음을 굳게 먹고 용기를 내어 말했다.

"저도 끼어들고 싶지 않습니다. 그런데, 꼭 그렇게까지 할 필요는 없지 않나요? 이 세상을 멸망시킨다니."

그의 표정이 살짝 일그러지더니 작게 한숨을 쉬었다.

난 뭔가 실수를 한 건가 싶어 가슴이 쿵쾅거렸다.

"372호가 그렇게 말했나 보군. 그러고 보면 이유는 모르지만 그는 예전부터 날 싫어했어. 그래서 날 오해하고, 내 의중을 과장되게 해석하곤 했지."

신호등은 다시 파란불로 바뀌었는데 횡단보도를 건너는 사람은 없었다. 평소엔 이렇게까지 사람이 없지는 않았다. 아무리 비가 온다지만 뭔가 이상했다. 하지만 그는 그런 건 전혀 신경 쓰지 않는 듯 다시 조용한 목소리로 말하기 시작했다.

"도시에 사는, 아니 이 지구상에 사는 모든 동물은 점점 퇴화하고 바보가 되어가고 있다네. 능동적으로 사고하고 행동할 수 있는 동물들은 이제 거의 남지 않았어. 반면에 인간들은 날이 갈수록 강해지고 무서워지고 있지. 우리가 아무리 모든 힘을 다해 공격해도 절대 인간을 이길 수는 없어. 우리가 할 수 있는 건 고작 발버둥 치는 것뿐일세. 우리의 고통을 알아달라고 말이야."

"그럼 도시를 파괴한다거나 인간들을 죽인다거나, 그런 게 아니란 말인가요?"

그는 다시 몸을 돌려 횡단보도를 바라보았다. 가까이서 바라본 그의 옆모습은 더 왜소했고, 그래서 측은해 보였다. 마치 이제 거의 생명을 다해 거칠게 마르고 쪼그라든 오래된 나무처럼 보이기도 했다. 문득 고양이 1호가 얼마나 오랜 세월을 살았을지 궁금했다. 얼마나 오랫동안 동물들의 우두머리로 지내며 그들의 생존을 위해 애썼을지, 점점 퇴화하는 동물들의 모습을 보면서 안타까워했을지 궁금했다.

"아니, 분명 희생은 있을 걸세. 있어야만 하지. 그러지 않으면 인간들은 우리에게 관심도 가지지 않을 테니. 하지만 지금도 인간 세계에는 매일 말도 안 되는 사건들이 끊이지 않고, 사람들은 특별한 이유도 없이 서로를 무참하게 죽이고 있지 않은가. 그에 비하면 우리는 목적과 의도가 분명해."

"하지만 어떠한 목적과 의도가 있다고 해도 그건 폭력일 뿐입니다. 어떻게도 정당화될 수 없어요."

나도 모르게 목소리가 커졌다. 그의 말처럼 말도 안 되는 사건 사고로 사람들이 매일 죽는 이상한 세상이지만, 그렇다고 죽음과 피해가 더해지는 게 용인될 수는 없었다. 결국 피해를 보는 건 선량하고 무고한 사람들이다.

그는 말없이 정면만 응시했다. 무언가 고민하는 듯했지만 별다른 말은 없었다. 나도 그저 가만히 옆에 서 있었고, 그 사이 신호등은 다시 바뀌었다. 여전히 횡단보도를 건너는 사람은 없었다. 난 한참을 망설이다가 조심스럽게 물었다.

"동물과 인간이 함께 어울려 평화롭게 살아갈 수는 없는 건가요?"

신호가 다시 바뀌고 서 있던 차들이 움직이기 시작했다. 덩치가 큰 차들이 우리 앞을 지날 때마다 고여있던 물이 튀었지만 아무도 피하지 않았다. 입을 꾹 다물고 있던 그가 마침내 입을 열었다.

"난 이제 늙고 힘이 다한 생이 얼마 남지 않은 우두머리일 뿐일세. 그런 내가 할 수 있는 거라곤 동물들이 원하는 걸 들어주는 것, 단지 그것뿐이야. 나에게 다른 선택지는 없다네."

그는 몸을 돌려 내가 왔던 방향으로 천천히 걷기 시작했다. 그의 뒷모습을 바라보던 난 그에게 뛰어가 우산을 건네주었다. 날 물끄러미 바라보던 그는 미소를 지었다. 아니, 미소라기보다는 얼굴의 주름이 묘하게 뒤틀린 것처럼 보였다.

"372호가 분명 좋은 선택을 했군. 고맙지만 우산은 필요 없네."

발걸음을 옮기려던 그는 다시 내게 몸을 돌렸다.

"부디 이번 보름달이 뜨는 밤에 우물 근처에 나타나지 말게. 자네가 피해를 보는 건 나도 원치 않아."

나는 그 자리에 우두커니 서서 그가 시야에서 완전히 사라질 때까지 바라보았다. 그가 사라지자 주변 공기의 흐름이 또다시 바뀐 듯했고 도시의 소음은 조금 더 명료해진 것처럼 느껴졌다. 지하철로 가기엔 이미 늦었다는 걸 깨닫고 서둘러 택시를 호출했다. 택시가 오기를 기다리며 길 건너 멀리 공원이 있는 방향을 바라보았다. 지금 도대체 무슨 일이 일어나고 있는 걸까? 나는 어떻게 해야 하는 걸까? 겨울비는 멈출 것 같지 않았고, 나도 모르게 한숨만 계속 나왔다.

*

고양이 할아버지, 그러니까 고양이 1호를 만난 이후 만성적인 편두통은 더 심해졌고 가슴도 자주 두근거렸다. 인간 세계를 향한 동물들의 분노. 그들의 분노를 받아줄 수밖에 없는 고양이 1호의 입장. 그러한 고양이 1호를 막고 싶은 하나의 계획. 그리고 그 계획이 성공하기 위해 꼭 필요한 나. 나는 같은 질문을 반복할 수밖에 없었다. 난 과연 어떻게 해야 하는 건가? 왜 하필 나인 건가? 하지만 선명한 대답은 좀처럼 보이지 않았다.

이 세상이 어떻게 되든 상관하지 않고 무시해 버릴 수

도 있다. 고양이 1호는 동물들의 복수가 세계를 멸망시킬 정도는 아니라고, 그저 매일 일어나는 사건 사고의 피해 정도라고 했다. 만약 그 말이 진짜라면 내가 굳이 위험을 무릅쓸 필요는 없을지도 몰랐다. 이미 지금도 곳곳에서 비일비재하게 일어나는 말도 안 되고 무서운 일들을 난 그저 무기력하게 관망만 하고 있다. 나뿐만 아니라 아마도 대부분이 그렇다. 갑자기 내가 대단한 존재가 된 것처럼 책임감을 가질 이유는 솔직히 없었다.

하지만, 만약 고양이 1호의 명령이 실행되어 무고한 인간들이 피해를 본다면 과연 난 아무렇지 않게 살아갈 수 있을까? 선량한 사람들의 죽음을 아무런 죄책감 없이 그저 TV 속 뉴스를 보듯 바라볼 수 있을까? 어쩌면 난 하나와 대화를 나누었던 순간부터, 아니 하나에게 밥을 주기 시작한 순간부터 나의 의지와는 상관없이 동물들의 일에 관계되고 책임이 주어진 건지도 몰랐다. 무척 억울하지만 말이다.

이런저런 고민에 어떻게 시간이 가는지 모를 정도로 얼이 빠져 하루하루를 보냈다. 김은 걱정되는 표정으로 내게 괜찮은 거냐고, 어디 아픈 거 아니냐고 자꾸 물었다. 그럴 때마다 힘없이 웃으며 괜찮다고, 그저 조금 피곤할 뿐이라고 대답했다. 하지만 당연히 괜찮을 리 없었다. 금요일 퇴근 시간이 될 때까지 어떠한 결정도 내리지 못한 상태였다. 김은 나에게 퇴근 안 하냐고 물었고, 나는 애써 태연한 표정을 지으며 처리할 일이 있어 조금 더 있다 가겠다고 얼버무렸다.

아무도 없는 사무실에 혼자 앉아 한참 동안 창밖만 멍하니 바라보았다. 며칠째 계속되는 겨울비는 멈출 기미가 보이기는커녕 점점 더 많이 내리는 것 같았다. 난 갑자기 의문이 들었다. 비가 오면 보름달이 안 보이잖아. 그럼 고양이 1호가 힘을 얻지 못하는 거 아닌가? 아니면 실제 달빛이 있고 없고는 상관없는 건가? 누구에게 속 시원히 물어볼 수도 없어 더 답답하기만 했다. 하나라도 만날 수 있으면 좋겠는데 하나는 그날 이후로 보이지 않았다. 쫓기고 있는 듯했는데 그가 무사하기만을 바랐다.

시간은 어느새 11시가 훌쩍 넘었고, 결국 난 우물에 가보자고 마음먹었다. 무슨 일이 일어날지 예상할 수 없지만 이대로 무시해 버리면 내 마음이 절대 편치 않을 것 같았다. 가방을 챙겨 일어난 나는 잠시 망설이다가 혹시 모른다는 생각에 필통에 꽂혀있던 문구용 커터 칼을 집어 가방에 넣었다.

비는 거의 폭우 수준이었다. 이미 퇴근 시간이 한참 지난 금요일 밤의 업무지구엔 가로등 불빛 외에는 어둠이 짙었고 인적도 없었다. 공원으로 한걸음 씩 발걸음을 옮길수록 긴장감은 급격히 커졌다. 세차게 내리는 빗소리, 그리고 내 심장 박동 소리만 귓가에 가득했다. 12시까지 15분 정도 남기고 마침내 공원에 도착했다. 공원에는, 이 시간에는 당연하게도, 아무도 보이지 않았다. 저 멀리 공원 한쪽 구석에 있는 우물을 보자 강한 두려움이 몰려왔다. 우물에 가는 순간 날 저지하기 위한 동물들의 공격을 받을지도 몰랐다. 내가 과연 그런 위험을 감수해야 하는 건지 근본적인 의구심이 다시 들었다.

그때였다. 날카로운 여자의 비명이 들렸다. 갑작스러운 소리에 나의 몸은 얼음처럼 굳어버렸다. 잠시 후 다시 한번 비명과 함께 살려달라는 처절한 외침이 들렸다. 우물 근처의 수풀 뒤편에서 들려오는 소리였다. 직감적으로 이건 동물들과는 상관없이 누군가 위험에 처한 거라는 판단이 들었다. 그러자 나의 두 발은 내 의지와는 무관하게 소리가 난 곳으로 빠르게 향했다.

수풀 뒤에서 한 남성이 여성을 넘어뜨리고 위에 올라타 주먹으로 내리치고 있었다. 여성은 필사적으로 얼굴을 가리며 울부짖었다. 남성은 내가 주변에 온 것도 눈치채지 못한 것 같았다. 난 우산을 내던지고 그대로 남성에게 달려가 그를 밀쳐냈다. 불의의 일격을 당한 남성은 바닥에 뒹굴었으나 곧바로 일어나 나를 바라보았다. 예상치 못한 공격에 당황한 듯 보였고, 나 또한 마찬가지로 전혀 예상치 못한 나의 행동에 놀라 온몸이 크게 떨렸다. 여성은 일어나서 이미 멀리 도망치고 있었다. 나도 도망가고 싶었다. 하지만 발이 움직이지 않았다. 남성은 주머니에서 작은 칼을 꺼내 소리를 지르며 내게 휘둘렀다. 나는 본능적으로 손을 내밀었고, 칼날은 내 왼손바닥을 깊게 베고 지나갔다. 비명을 지르며 바닥에 넘어지자 남성은 내 머리를 힘껏 발로 걷어찬 뒤 뒤돌아 뛰어갔다.

정신이 혼미했다. 아무런 소리도 들리지 않았고, 어떠한 감각도 느껴지지 않았다. 왼손바닥에서 흐르는 검은 피가 빗물에 섞여 하수구로 흘러 들어가는 모습이 흐릿해지는 시야에 들어왔다. 난 곧 정신을 잃었다.

*

정신을 차린 건 병원 침대 위에서였다. 간호사는 지금은 다음 날 오후이며, 내가 어젯밤 묻지마 폭행 현장을 막다가 부상을 입어 이곳에 오게 되었다고 말해줬다. 머리가 깨질 것처럼 아파 제대로 사고를 할 수가 없었다. 눈을 감고 산산이 조각난 기억을 겨우 이어 붙여 어젯밤 무슨 일이 있었는지 기억해 냈다. 내가 그 시간에 공원에 갔던 건 분명 고양이 1호의 계획을 막기 위해서였다. 아니, 막으려고 했는지는 자신할 수 없다. 그곳에 갔어도 난 끝내 아무 행동도 못 했을지 모른다.

몸을 일으키려고 뒤척이자 왼손에 욱신거리는 통증이 느껴졌다. 왼손에는 붕대가 두껍게 감겨 있었다. 한참 동안 왼손을 바라보다 지나가는 간호사에게 혹시 간밤에 특별한 사건 사고가 일어나지는 않았냐고 물어봤다.

"사건 사고요?"

"예를 들어 전기가 끊겼다든지, 통신이 마비되었다든지, 아니면 정체를 알 수 없는 전염병이 퍼졌다든지……"

간호사는 미간을 살짝 찌푸렸다. 나를 바라보는 눈빛을 보니 아마도 내 정신이 아직 온전치 못하다고 생각하는 것 같았다. 다행히도 그런 일은 일어나지 않았다고, 그러니 걱정하지 말고 조금 더 편안하게 휴식을 취하라고 간호사는 말했다. 간호사가 떠난 뒤 나는 다시 왼손을 들어 멍하니 바라보았다.

어쩌면 내가 요 며칠간 만나고 보고 들었던 것들 모두 환상이었을지도 모른다는 의심이 다시 들었다. 하나가 내게 도움을 요청하고, 고양이 1호가 할아버지의 모습으로 나타나 자신을 막지 말라며 경고한 것 모두 내 상상 속에서 일어난 일일지도 모른다. 지금으로선 그 어떤 것도 증명할 수 없다. 증명할 수 있는 사실은 폭우가 내리는 밤에 내가 공원에 갔고, 그곳에서 묻지마 폭행 현장을 마주했으며, 범인을 저지하다 왼손에 상처를 입고 빗속에서 피를 흘린 채 정신을 잃었다는 것. 그저 이것뿐이다.

나도 모르게 잠이 들었다가 일어나니 사람 좋아 보이는 인상의 형사가 날 기다리고 있었다. 아직도 비가 내리고 있는지 그의 어깨는 젖어있었다. 그는 형사라기보다는 인심 좋은 동네 정육점 사장님이 더 어울릴 것 같은 외모였다. 그의 말에 따르면 도망간 범인은 아직 잡히지 않은 모양이었다. 수사를 위해 내게 당시 상황과 함께 범인의 인상착의 등을 물었고, 나는 최대한 기억나는 대로 답했다. 늦은 시간에 왜 공원에 갔는지도 물었는데, 늦게까지 야근하고 잠깐 걷고 싶었다고 얼버무렸더니 다행히 더 묻지 않았다. 만약 계속해서 물어보았다면 아마도 난 굉장히 당황하면서 사실 그대로 대답해 버렸을지도 모른다. 실은 인간들에게 복수하려는 동물들의 계획을 막기 위해 우물에 내 피를 흘리러 간 거라고. 그럼 이 인상 좋은 형사는 과연 어떤 표정을 지었을까?

모든 조사가 끝난 후 이제 가려는 형사에게 피해자는 괜찮은지 물었다. 형사는 심리적으로 충격은 받았지만 다행히 크게 다친 곳은 없다고, 오히려 내가 더 크게 다쳤으니 몸조리 잘하라고 했다. 그러고는 잠시 나를 물끄러미 바라보더니 무섭지 않았냐고, 어떤 생각으로 그렇게 행동한 거냐고 물었다. 적당한 대답이 잘 떠오르지 않았다. 생각하고 의지가 있어 한 행동은 아니었으니까. 우물쭈물하고 있는 내게 형사는 내 대답은 딱히 기다리지 않는 듯 말했다.

"정말 이상한 세상입니다. 이유 없는 폭력이 만연하니."

난 뒤돌아 나가는 형사에게 제대로 인사도 하지 못하고, 그저 그가 닫고 간 입원실 문만 멍하니 바라보았다.

며칠 후 다시 출근을 시작했다. 처음엔 주변 사람들이 걱정도 해주고 칭찬도 해주었지만 곧 잠잠해졌다. 평소와 달라진 건 없었다. 그리고 내가 살아가는 도시에도 별다른 변화는 일어나지 않았다. 사건 사고는 매일 끊이지 않았지만 동물들이 일으킨 건 없었다. 모든 사건 사고의 원인은 인간이었다.

고양이 할아버지를 다시 만난 건 그렇게 며칠이 지나고 함박눈이 내리던 어느 날이었다. 점심을 먹고 여느 때처럼 공원에 김과 함께 있는데, 담배를 피우고 있던 김이 그가 나타났다고 작게 소리쳤다. 하얀 눈에 덮인 그날 밤

사고 현장을 멍하니 보고 있던 난 화들짝 놀라 김의 손가락이 가리킨 곳으로 시선을 돌렸다. 여러 마리의 고양이들에게 둘러싸인 채 걸어가는 그의 모습이 보였다. 머리와 어깨에 소복이 쌓인 눈 때문인지 그는 지난번보다 괜히 더 작고 약해 보였다. 난 가슴이 콩닥콩닥하면서도 시선은 그에게서 떼지 못했다. 천천히 걷던 그가 멈춰 서더니 내가 있는 방향으로 몸을 돌렸다. 거리도 멀고 커다란 눈송이가 쉴 새 없이 내려 명확하게 보이진 않았지만 그가 날 바라보고 있다는 걸 알 수 있었다. 그리고 그의 시선을 느끼자 이유는 알 수 없지만 내가 겪었던 모든 일이 현실이었다는 걸 확신할 수 있었다.

과정이 어찌 됐든 그날 밤 내가 흘린 피가 우물 속 그에게 닿았을 것이다. 빗물을 타고 땅속으로 스며들었을지도 모르겠다. 그의 계획은 무산되었고, 그래서 그는 지금 날 원망하며 복수를 다짐하고 있을 수도 있다. 그런데 이상하게 두렵지는 않았다. 스스로 놀랄 정도로 담담했다. 난 커다란 반창고가 붙어있는 내 왼손바닥을 바라보았다. 이제 의심이나 주저함은 없었다. 내가 해야 할 일은 명확했다. 내가 할 수 있다면 막아야 한다. 그게 누구도 이해하지 못하고 이유도 없는 일방적인 폭력과 희생이라면 더욱.

난 반창고를 뜯어내고 아직 아물지 않은 상처가 뚜렷한 왼손바닥을 그를 향해 들어 보였다. 김은 뭐 하는 거냐며 나와 그를 번갈아 보았다. 그의 고개가 살짝 흔들린 것 같기도 했다. 하지만 확실하진 않았다. 그는 천천히 몸을 돌려 다시 걷기 시작했다. 그의 주변을 서성이던 고양이들이 그를 쫓았다. 나는 왼손을 내리고 손바닥의 상처를 바라보았다. 그리고 아직도 어리둥절한 표정으로 날 바라보고 있는 김에게 말했다.

"혹시 다음에 저와 같이 유기 동물 보호소로 봉사활동 가실래요? 고양이들도 많아요. 김쌤도 분명 좋아하실 것 같은데."

갑작스러운 나의 제안에 살짝 놀란 듯했지만 김은 흔쾌히 좋다고 했다. 나는 알고 있었다. 분명 서투를 때도 있고 조금 과격할 때도 있지만, 김 역시 선한 인간이라는 걸. 삶을 소중히 여기고 동물을 사랑한다는 걸. 그도 역시 이 세상을 움직이는 선하고 평범한 사람이라는 걸. 나는 조만간 봉사활동을 같이 갈 때 그에게 텀블러를 선물해야겠다고 마음먹었다.

"그런데 봉사활동은 언제부터 했던 거예요? 동물을 좋아하는지 전혀 몰랐어요."

나는 그저 웃으며 이제 사무실로 들어가자고 했다. 하

얕게 눈이 덮인 공원을 가로질러 걷던 도중 수풀 사이로 길고양이를 위한 겨울집과 그 앞에 사료가 담긴 접시가 보였다. 난 잠시 바라보다가 접시에 쌓인 눈을 털어내고 겨울집 안으로 밀어 넣어 놓았다. 그리고 사무실로 돌아가며 다짐했다. 인간의 선함과 용기를 믿자고. 아무리 연약할지라도 이 이상한 세상을 바꿀 수 있는 건 바로 그것뿐이니까.

곰팡이

 정신이 반쯤 나간 표정으로 벽을 바라보던 유선은 어느 순간 압도적인 무력감을 느꼈다. 보이지 않는 곳에서 서서히 잠식하기 시작해, 이제는 없앨 수도 없고 가릴 수도 없는 곰팡이로 뒤덮인 삶. 그게 자신의 삶이라는 생각이 들었다.

곰팡이

지형이 외출한 뒤 유선은 병원으로부터 전화를 받았다. 표정 변화 없이 묵묵히 듣고만 있던 유선은 알겠다며 짤막하게 대답하고 전화를 끊었다. 그리고 자기도 모르게 무겁고 깊은 한숨을 토해냈다. 며칠 전 이미 테스트기로 확인해서 어느 정도 마음의 준비는 하고 있었지만 검사 결과를 직접 들으니 역시 기분이 착잡했다. 분노, 우울, 슬픔, 체념. 마음속에서 갖가지 감정이 얽히고설켜 들끓었다.

벌써 네 번째, 인공 수정까지 포함하면 일곱 번째였다. 쉽게 될 거라 생각하진 않았지만 이렇게까지 안 될 줄은 몰랐다. 커뮤니티에서 네 번째에 성공했다는 글을 많이 봐서 그랬을까. 겉으로 드러내진 않았지만 이번엔 더 기대했던 유선이었다. 그런 만큼 속상함도 전보다 컸다.

멍하니 서 있던 유선은 고개를 절레절레 크게 젓고 침실로 가서 침대 위 이불과 패드를 걷어내고, 베개의 커버도 모두 벗겨냈다. 그렇게 한 무더기를 모아 세탁기에 넣고 돌렸다. 그러고는 환기를 위해 집안의 모든 창문을 열었다. 아직 겨울의 기운이 남아있는 3월 초의 서늘한 공기가 천천히 집안에 스며들었다. 여기저기 늘어져 있는 물건들을 정리하고 청소기를 돌리고 물걸레질을 했다. 세간살이도 손걸레를 몇 개씩 써가며 구석구석 깨끗이 닦아냈다. 평소에도 집안 청결에 신경을 쓰는 유선은 임신 실패를 알게 된 날은 더 강박적으로 청소에 집착했다. 그렇게 해야지만 마음이 그나마 편안해지는 것 같았다. 왜 그런지 이유는 알 수 없었다.

청소를 마친 유선은 가구와 가전제품 뒤를 유심히 살폈다. 오래된 아파트라 그런지 조금만 습해도 벽 이곳저곳에 곰팡이가 잘 생겼다. 이사 와서 살기 전에는 그러한 문제를 알 수가 없었다. 처음 집을 보러 왔을 때 새하얗게 도배가 된 벽에 매우 만족하면서 계약했던 유선과 지형이었다. 그랬는데 지금은 벽 곳곳이 곰팡이 제거제 때문에 누렇게 변해 있었다. 지형은 색이 변한 벽을 보며 이게 뭐냐고 뭐라 했지만 유선은 곰팡이를 그대로 두느니 차라리 이게 나왔다.

　꼼꼼히 살피던 중 거실 서랍장 뒤에 새로 생긴 곰팡이가 보였다. 아직 범위도 작고 흐릿해 크게 티가 나지 않았지만 그대로 둘 수 없었다. 곰팡이는 크기와 상관없이 집 안에 있어선 안 되는 존재였다. 유선은 곧바로 곰팡이 제거제를 가져와 벽에 분사하고 휴지로 닦아낸 뒤 드라이어로 꼼꼼히 말렸다. 하얗던 벽지는 서서히 누렇게 변했다.

　유선이 어릴 적 살던 집은 창문 크기도 작고 사방이 다른 집으로 막혀 있어 환기도 잘되지 않았다. 집안 공기는 항상 눅눅했다. 곰팡이가 생기기 최적의 조건이었다. 그나마 엄마가 부지런히 신경 쓰며 없앴는데, 이혼하고 엄마가 집을 나간 뒤로는 유선 외에 아무도 곰팡이를 신경 쓰지 않았다. 아빠와 동생은 곰팡이가 생기든 말든 전혀 관심이 없었다. 하지만 유선은 집안의 어두침침하고 꿉꿉한 느낌도 싫었고, 슬그머니 생기는 곰팡이는 더 싫었다. 마치 소리도 없이 집에 스며들어 자신을 옥죄는 불안과 두려움 같았다. 그래서 곰팡이가 보일 때마다 락스를 사용해 제거했고, 아빠와 동생은 집안에 냄새가 진동한다며 유선에게 신경질을 내곤 했다. 특히 아빠는 술에 취했을 때면 단순히 신경질만 내는 게 아니라 종종 유선의 몸에 손을 대기도 했다. 대부분 폭력적이었고, 때때로 더럽고 추잡했다. 생각하기도 싫은 그때의 기억이 벽에 생긴 곰팡이를 보면 떠오르곤 했다.

저녁 식사 시간이 되어 돌아온 지형은 현관에 우두커니 서서 집안을 천천히 둘러보았다. 그러고는 별다른 말 없이 소파에 앉아 텔레비전을 켰다. 아파트 견본 주택처럼 어질러진 것 하나 없이 깨끗하게 정리된 집안은 유선이 이번에도 임신에 실패했다는 사실을 그 어떤 말보다 명료하게 알려주었다. 하지만 지형은 아무 언급도 하지 않았다. 무슨 말을 해도 별 의미가 없다는 걸 알았다. 왜 안 됐을까 의문을 가지는 것도, 다음엔 꼭 될 거라고 위로하는 것도 이제는 아무런 효용을 갖지 못했다. 유선도 그렇게 생각하긴 했지만 그래도 지형이 최소한의 관심도 보이지 않는 건 못마땅했다.

지형은 시험관 시술로 아이를 갖고자 하는 걸 반대하진 않았다. 사실 아이를 딱히 원하지도 않았고 둘이 사는 삶을 더 원했지만 유선이 하자는 대로 따랐다. 그래서 시술을 위해 남편이 해야 하는 일도 군말 없이 했다. 지형은 예전부터 그랬다. 연애도, 결혼도 그저 자신보다 연상인 유선이 하자는 대로 따랐다. 스스로 의견을 내고 결정을 내려 행동하는 건 지형과 거리가 멀었다.

유선도 지금 아이를 갖는 게 과연 적절한 건지 자신할

수 없었다. 부부 사이의 애정이 예전 같지는 않았고, 섹스리스로 지낸 지도 꽤 오래였다. 사랑한다고 자신 있게 말할 수는 없었지만 그렇다고 싫어진 것도 아니었다. 조금 과장해서 말하면 필요에 의한 동거 관계라고 할 수도 있었다. 이러한 관계에서 아이를 갖는 건 잘못된 판단일지도 몰랐다. 하지만 지형과의 관계가 소원해질수록 유선은 더 간절해졌다. 온전히 자신의 것이 되는 존재. 자신의 모든 애정을 쏟을 수 있는 존재. 그래서 자신을 살아갈 수 있게 할 존재. 이제 지형은 그런 존재가 아니었다. 지금 유선에게 그러한 존재는 바로 아이였다. 유선은 그렇게 믿었다.

"또 곰팡이 없앴어?"

서랍장 뒤로 슬며시 보이는 누런 자국을 보고 지형이 물었다. 유선은 아무 말 하지 않았다. 지형도 딱히 답을 기다리지 않았다는 듯 잠자코 텔레비전 화면에만 집중했다. 잠시 후 유선이 지형의 옆자리에 앉으며 물었다.

"어디 다녀왔어?"

"도서관."

지형이 건조하게 답했다. 유선은 잠시 망설이다가 말했다.

"나 또 안 됐어."

그제야 지형은 고개를 돌려 유선을 쳐다보았다. 유선

은 지형의 표정을 읽기 어려웠다. 담담하다고 보기도 어렵고, 그렇다고 슬퍼하거나 안타까워하는 것 같지도 않았다. 오히려 당혹스러운 것처럼 보였다. 무엇이 당혹스러운 걸까? 딱히 할 말은 없는데 그렇다고 아무 말도 안 할 수는 없는 이 상황이 당혹스러운 걸까?

"그럼 이제 어쩔 거야? 한 번 더 해볼래?"

유선은 어떻게 하고 싶은 건지 자신도 솔직히 알 수 없었다. 2년간 인공 수정과 시험관 시술을 반복하면서 몸도 마음도 이미 만신창이가 된 느낌이었다. 왠지 이제는 안 될 것 같다는 생각이 들기도 했다. 그렇다고 쉽게 포기하기도 어려웠다. 아이를 포기한다면 앞으로 자신의 삶에서 의지할 건 아무것도 없을 것 같았다.

"모르겠어. 우선 조금 쉬고 생각해 보려고."

지형은 유선을 물끄러미 바라보다 고개를 천천히 끄덕이고는 다시 텔레비전 화면으로 시선을 돌렸다. 마치 자신과는 상관없다는 것처럼 보였다. 유선은 지형 옆에 앉아 텔레비전 화면을 바라보았다. 화면 속 사람들의 웃고 떠드는 소리가 귀에 들어오지 않았다.

"연락 온 데는 없어?"

유선의 물음에 지형은 짧게 한숨을 내뱉고 고개를 가로저었다. 뭔가 있을 거라 기대하고 물은 건 아니었다. 솔직히 지형이 구직활동을 열심히 하는지도 의심스러웠다. 매일 어딘가 나가긴 하는데 도대체 뭘 하고 오는지 알 수 없었다. 일이 자신과 안 맞는다는 이유만으로 지인이 소개해 준 직장을 또 3개월 만에 그만둔 지형은 지금까지 한 직장에서 1년 이상 일한 적이 단 한 번도 없었다. 적성에 안 맞아서, 사람이 싫어서, 몸에 무리가 가서. 매번 비슷한 이유로 일을 그만두었다. 그래도 돈은 벌어야 했기에 곧바로 다른 일을 구하곤 했다. 그런데 이번엔 석 달 가까이 소식이 없었다.

공교롭게도 지형이 일을 그만둔 시점과 아빠의 유산 상속이 정리된 시점이 맞아떨어졌기에 유선은 지형이 그 돈에 기댈 생각인 건지, 그래서 새 일을 구하지 않고 있는 건지 의심했다. 전에는 거들떠보지도 않던 주식과 코인 등에 갑자기 관심을 보이기 시작한 것도 그러한 의심을 합리적으로 뒷받침해 주었다. 만에 하나 정말 그렇다면 유선은 그렇게 놔둘 생각이 추호만큼도 없었다. 그 돈을 받기 위해 자신이 겪었던 고생과 억울했던 순간을 생각하면 다른 누군가가 돈을 쓰는 건 절대 있을 수 없는 일이었다. 유선은 자신만이 그 돈을 쓸 수 있는 자격이 있다고 생각했다.

"너야말로 어떻게 하려고. 언제까지 이러고 있을 거야."

"왜 또 그래. 좀 기다려 봐."

지형은 더 말하기 싫다는 듯 자리에서 일어나 작은 방으로 들어가 버렸다. 유선은 지형의 뒷모습을 보며 참고 있던 화가 치솟았다.

"밥값은 벌어야 할 것 아냐! 굶어 죽을래?"

버럭 소리를 지르고 나니 오히려 기분이 한결 편안해졌다. 유선은 그러고 보니 자신이 유독 신경질이 잦아졌다는 걸 깨달았다. 생각해 보면 마음이 편할 수 없었다. 오늘 같은 날은 특히 더.

저녁 식사를 준비하기 위해 소파에서 일어나던 유선의 눈에 서랍장 뒤의 누런 자국이 들어왔다. 자국을 가만히 바라보던 유선은 지형이 들어간 작은방의 문으로 시선을 옮겼고, 살짝 인상을 찌푸렸다.

*

며칠 뒤 비가 부슬부슬 내리던 날, 아무런 연락도 없이 유진이 집으로 불쑥 찾아왔다. 커다란 여행용 가방을 끌고 나타나 현관에 선 유진이 말했다.

"누나, 매형, 나 며칠 신세 좀 질게."

별다른 주저함이나 미안함 없이 말하는 모습은 부탁하

는 사람의 태도처럼 보이진 않았다. 놀란 표정으로 갑자기 웬일이냐고 묻는 지형에게 유진은 집주인이 재건축 예정이니 집을 비워달라 해서 나오게 됐다고 답했다.

"그렇다고 그냥 나온 거야?"

지형의 물음에 유진은 어깨를 으쓱했다.

"보증금에 조금 더 얹어주긴 했는데, 돈이면 다 되는지 알아, 씨발 새끼가."

욕하는 표정이 왠지 모르게 즐거워 보였다. 유선은 갑작스럽게 나타난 동생이 께름칙하고 불길했다. 딱히 좋을 것도 없던 동생과의 관계는 아빠의 유산 상속 문제를 겪은 뒤 생판 모르는 남이 오히려 더 가깝게 느껴질 정도가 되어버렸다. 그런데 이렇게 연락도 없이 나타나선 뻔뻔스럽게 집에서 머무른다고 하니 어이가 없고 화가 나기도 했다. 그렇다고 문전박대하며 쫓아낼 수도 없는 노릇이었다.

"며칠이나 있을 건데?"

유선은 감정을 최대한 드러내지 않고 물었다. 유진은 현관에 있던 가방을 거실로 끌고 들어왔다. 거실 바닥에 가방 바퀴가 지나가며 축축한 검은 얼룩을 묻혔고, 유선의 시선은 얼룩에 고정됐다.

"너무 갑작스러워 아직 집을 못 구했지 뭐야. 구할 때까지만 여기 있을게. 오래 걸리진 않을 거야."

능글맞게 웃으며 유진이 말했다. 유진은 어색함 없이 자연스럽게 집안 여기저기를 기웃기웃 둘러보더니 지형이 사용하던 작은 방을 가리키며 여기서 묵으면 되겠다고 했다. 그러고는 아무도 허락하지 않았는데 가방을 끌어다 방에 들여다 놓았다. 그런 유진을 노려보던 유선이 들릴 듯 말 듯 중얼거렸다.

"곰팡이 같은 새끼. 지 살 집도 못 구해서……"

지형은 깜짝 놀라 유선을 쳐다보았다. 곰팡이를 무엇보다 싫어하는 유선에게 곰팡이 같다는 건 최악이자 쓰레기 같다는 것과 다름없는 표현이었다. 동생과 사이가 좋지 않은 건 알고 있었지만 이 정도까지인 줄은 몰랐다. 유선은 지형의 시선을 느꼈지만 신경 쓰지 않았다.

"피해 주지 말고 눈치껏 얌전히 있다가 가."

유선이 차갑게 쏘아붙이고 침실로 들어가 소리 나게 문을 닫아버렸다. 유진은 닫힌 침실 문을 힐끔 보고는 한쪽 입꼬리를 살짝 올렸다. 그러고는 소파에 앉아 집안 전체를 둘러보았다.

"아니, 그런데 이 집은 왜 이리 깨끗해? 사람 사는 집 맞아?"

"누나가 워낙 깔끔하잖아."

지형의 대답에 유진은 보란 듯이 코웃음을 쳤다.

"지랄."

지형은 유진과 단둘이 있는 게 어색했고 불편했다. 유진은 처남이었지만 나이는 한 살 더 많았다. 유선에게 제대로 이야기를 들은 적도 없고, 실제로 몇 번 만난 적도 없었다. 유진이 어떤 사람인지, 뭘 하는 사람인지 자세히 들은 적은 없지만 그다지 건실하지 않다는 것 정도는 지형도 알고 있었다. 심한 갈등 끝에 장인어른의 유산을 결국 5:5로 나누게 되었을 때 유선은 버러지 같은 놈이 자기 돈을 빼앗아 갔다며 진심으로 분해했다.

거의 누울 정도로 소파에 몸을 깊이 파묻고 스마트폰 화면을 보고 있는 유진을 지형은 흘끔흘끔 훔쳐봤다. 머리카락은 아무렇게나 헝클어졌고, 얼굴은 로션 따위는 바르지 않는 듯 거칠어 보여 손대면 버석버석 소리가 날 것 같았다. 깊은 팔자 주름과 입 주변의 푸르스름한 수염 자국은 실제 나이보다 더 들어 보이게 했다. 군색해 보이는 외모에 비해 몸에 걸친 건 명품이었다. 상하의 세트인 검정 트레이닝복은 겉으로 브랜드가 드러나진 않았지만 어깨부터 팔, 그리고 다리 옆으로 이어진 초록색과 붉은색 선은 이 옷이 구찌라는 걸 알려주고 있었다. 지형은 저게 과연 진짜일까 궁금했다.

"담배 피워?"

우두커니 옆에 선 지형에게 유진이 물었다. 지형은 고개를 저었다.

"원래 안 피웠나?"

"끊었어."

"언제?"

"두 달 전에."

유진이 웃었다. 뭔가 가소롭다는 듯한 웃음이었다.

"곧 다시 피우겠네."

유진은 소파에서 일어나 기지개를 켜던 중 뭔가 멀리 있는 걸 보듯 미간을 찡그리고 실눈으로 정면을 바라보았다. 시선이 머문 곳은 서랍장 뒤의 곰팡이 자국이었다. 유진은 잠시 그 자국을 바라보다 고개를 절레절레 흔든 뒤 이렇게 깨끗한 집에서 담배를 피울 수는 없지, 라고 하며 밖으로 나갔다. 유진이 나가자마자 기다렸다는 듯 유선이 방에서 나왔다. 유선은 걸레를 가져와 거실 바닥에 묻은 얼룩을 닦았다. 얼룩은 한 번에 쉽게 지워졌지만 유선은 신경질적으로 계속해서 닦고 또 닦았다.

베란다의 세탁기에 걸레를 넣고 오던 유선이 멈춰 서서 창밖을 한참 동안 내려다보았다. 지형도 유선의 곁으로 와 유선의 시선이 향한 곳을 보았다. 주차장 구석의 옹색한 처마 밑에서 쪼그려 앉아 담배를 피우는 유진이 보였다. 잠시 후 손가락을 튕겨 담뱃불을 끄고 꽁초를 아무렇게나 버린 유진은 성큼성큼 걸어가 주차된 한 차량의 문을 열었다. 그러고는 찾는 게 있는 듯 상체를 숙여 내부를 훑어보았다.

"저거 BMW잖아. 딱 봐도 새것 같은데."

지형이 손가락으로 차를 가리키며 말했다. 유선은 아무 말도 하지 않았다. 자세히 알진 못하지만 저런 차는 아무리 못해도 오천만 원을 훌쩍 넘길 것 같았다. 변변한 직업도 없는 유진이 저런 차를 살 돈이 나올 곳은 두 군데밖에 없었다. 아빠의 유산 아니면 집 보증금. 둘 중에 어떤 것이었든 저렇게 써서는 안 될 돈이었다. 유선은 답답하고 짜증스러운 마음에 눈을 감고 한숨을 쉬었다. 지형은 유선과 유진을 번갈아 바라보며 어떤 상황인지 대강 짐작할 수 있었다.

*

이후 며칠 동안은 유선과 지형이 걱정했던 것과 달리 유진의 존재가 특별히 불편함을 주지는 않았다. 유진은 자는 시간을 제외하면 집에 머무르지 않았다. 아침 일찍 나가 늦은 밤이 되어서야 돌아왔다. 먹는 거, 씻는 거는 물론 빨래도 밖에서 해결했다. 자연스레 서로 얼굴을 마주하거나 함께 식사할 일은 없었다. 유선과 지형도 딱히 그러길 원치 않았기에 다행이라고 생각했다. 지형은 자신의 공간이었던 작은 방을 유진이 쓰는 것이 못마땅하긴 했지만, 그렇다고 유진에게 옷방으로 사용 중인 더 작은 방을 사용하라는 말을 하진 못했다. 유진은 집을 더럽히지도, 어지럽히지도 않았다. 어릴 적 동생의 모습을 기억하는 유선은 뭔가 이상하다고 생각했지만 괜히 물어보진 않았다.

예상치 못한 동생의 방문으로 잠시 경황이 없어 결정을 미루고 있었던 유선은 고민 끝에 한 번만 더 시험관 시술에 도전해 보자고 결심했다. 마침 냉동 배아도 딱 한 개 남아있었다. 유선은 만약 이번에도 안 된다면 깨끗이 포기하고 일자리를 구해보기로 마음먹었다. 그동안 아이만이 자신을 지탱해 줄 수 있다고 믿었지만, 그 믿음에 얽매여 있으면서 많이 지친 것도 사실이었다. 그리고 자신의 믿음이 틀렸을 수도 있다는 생각도 들었다. 슬프고 속상했지만 별다른 도리가 없었다.

시술 날짜가 곧 정해졌고 유선은 지형에게 전처럼 시술 전에 병원에 가서 배우자 동의서를 작성하라고 알려줬다. 지형은 덤덤하게 알겠다고 했다. 유선이 시술을 준비하기 위해 배에 주사를 놓기 시작한 걸 보며 지형은 생각이 복잡해졌다. 아내가 그토록 원하기에 반대하고 싶지는 않았다. 다만 임신에 성공하면 변하게 될 자신의 삶이 걱정이었다. 만약 아이가 생기면 계속 이렇게 무직으로 지낼 수는 없었다. 돈을 벌어야만 했다.

하지만 지형은 다시 일을 시작할 자신이 없었다. 사실 지형이 그동안 회사를 자주 그만둔 건 유선에게 말하지 못할 사정이 있었다. 지형은 직장에서 항상 괴롭힘과 무시를 당했다. 일을 딱히 잘하지도, 그렇다고 못 하지도 않는 보통의 사원이었지만 사람들은 유독 지형을 미덥지 않아 했다. 조금 느린 행동과 어눌한 말투, 그리고 소극적인 성격 때문이라고 하기엔 그게 결코 잘못은 아니었다. 하지만 상사는 자료가 조금이라도 늦거나 마음에 안 들면 다른 직원들이 그랬을 때보다 더 크게 화를 냈고, 사소한 실수라도 있으면 꼬투리를 잡아 대놓고 핀잔을 줬다. 동료들은 지형 몰래 따로 메신저 방을 만들었고, 자신들이 처리하기 번거로운 일은 지형에게 맡겼으며, 회식은 물론 간식을 먹을 때도 의도적으로 지형을 제외했다. 이러한 부당한 처사에 지형은 따로 반발하거나 대항하지 않았다. 그래봤자 바뀔 게 없다는 건 자명했다. 지형이 할 수 있는 거라곤 그저 스스로 일을 그만두는 것뿐이었다.

그렇기에 그 어떤 조직이라도 다시 들어가고 싶지 않

앉다. 돈을 벌기 위해선 회사 생활이 아닌 다른 일을 찾아야 했다. 사람들과 부딪히지 않는 일, 그래서 자신이 무시당하지 않는 일을. 하지만 그런 일이 무엇인지, 과연 있긴 한 건지 지형은 알지 못했다. 딱히 알아보려고 노력도 하지 않았다. 지형은 한 가지 생각만 했다. 유선이 받은 유산이면 그래도 최소 몇 년은 지낼 수 있을 텐데. 그런데 왜 유선은 틈만 나면 취직을 독촉할까. 지형은 유선이 야속할 뿐이었다.

지형이 동의서 작성을 위해 병원에 방문하기 전날, 유진이 두 손에 묵직한 비닐봉지를 들고 평소보다 일찍 집에 돌아왔다. 식탁 위에 올려놓은 봉지에는 족발과 보쌈 같은 포장 음식과 소주병이 들어있었다.

"그동안 밥도 한번 같이 못 먹었잖아."

유진은 유명한 맛집에서 사 왔다며 식탁에 음식을 차렸다. 계속 실실 웃는 게 어딘가 기분이 좋아 보였다. 유선은 갑자기 안 하던 짓을 하는 유진이 떨떠름했지만 거절할 이유도 마땅찮아서 식탁에 앉았다.

술은 거의 유진 혼자 마셨다. 유선은 시술 때문에 마실 수 없었고, 지형도 그다지 술을 좋아하지 않았다. 유진은 빠른 속도로 술잔을 비웠는데, 소주잔으로 한 잔씩 깔짝거리는 게 영 답답하다며 어느 순간부터 맥주잔으로 마시기 시작했다.

"오늘 뭐 좋은 일 있나 봐?"

지형이 유진에게 물었다. 유진은 고개를 경쾌하게 끄덕이며 맥주잔에 소주를 가득 따랐다.

"좋은 일? 좋은 일 있지."

그러고는 지형과 건배한 뒤 소주를 한 번에 들이켰다. 지형은 유진과 술을 마셔본 적이 없어 그의 주량을 몰랐다. 저래도 괜찮은 건가 싶어 걱정되었는데 유선은 별다른 반응이 없었다. 유진은 족발 서너 점을 한꺼번에 입에 넣고 우물거리며 말했다.

"내가 요새 투자를 좀 했거든."

유진은 지인의 회사에 투자하고 있다고 했다. 쇼츠 영상이나 웹드라마 등을 제작하는 미디어 회사라고 했는데 지형은 회사 이름도, 영상의 제목도 생소했다. 유진은 이미 꽤 괜찮은 수익을 봤고, 이번에 새롭게 제작에 들어가는 웹드라마가 있어 또 투자했다고 했다.

"수익은 확실하니까."

유진의 말에 지형의 눈이 번뜩였다. 회사에 다니지 않아도 확실한 수익을 볼 수 있다면 그야말로 자신에게 가장 적합한 일이라고 생각했다. 그러자 갑자기 유진이 다르게 보였다. 가슴에 발렌시아가 로고가 선명한 유진의 후드티

셔츠가 그의 말에 신뢰를 더하는 것 같았다.

"그럼 차도 그 수익으로 산 건가?"

유진은 고개를 끄덕이며 주머니에서 BMW 로고가 반짝이는 키를 꺼내 두 사람 앞에서 흔들어 보인 뒤 식탁 위에 올려놓았다.

"네가 무슨 돈이 있어서 그런 투자를 해?"

유선이 유진을 노려보았다. 유진은 어깨를 한 번 들먹였다.

"무슨 돈이긴. 아빠 유산이지. 이번엔 집 보증금도 합쳤고."

유진은 당연한 거 아니냐는 듯 말했다. 지형은 그런 유진이 사뭇 대단해 보였다. 하지만 유선의 표정은 굳었다.

"내가 똥오줌 다 받아내고 있을 땐 코빼기도 안 비추다가 얍삽하게 돈만 받아 가더니, 그 돈으로 투자를 했다고?"

유진은 유선을 흘깃 보더니 피식 웃었다.

"왜, 누나도 관심 있으면 할래? 그 돈 아직 갖고 있을 거 아냐. 아빠 똥오줌 받아내서 챙긴 돈."

"뭐야?"

유선의 목소리가 날카로웠다. 화가 난 듯 얼굴이 점점 벌겋게 달아올랐다. 지형은 분위기가 심상치 않다는 걸 느끼고 눈치를 살폈다. 유진은 아무렇지 않은 듯 태연했다.

"사실 누나가 갑자기 나타나서 아빠 간병한 거 그거 다 돈 노리고 그런 거 알만한 사람 다 알아. 어떻게든 더 받아 내려고 꼼수 쓴 거."

유선은 자기도 모르게 쥐고 있던 젓가락을 식탁에 내동댕이쳤다. 몸이 부들부들 떨렸다. 뭔가 소리치고 싶었는데 어떤 말도 나오지 않았다.

유진의 말은 사실이었다. 유선은 고등학교를 졸업하자마자 집을 나왔다. 이후로 부녀의 연은 거의 끊어지다시피 했다. 지형과는 동거하다 식도 치르지 않고 혼인 신고만 했기에 아빠는 유선의 결혼 사실도 알지 못했다. 한동안 그렇게 살다가 아빠가 간암으로 곧 죽는다는 사실을 알게 되었을 때, 유선은 아무런 감정도 느끼지 않았다. 단지 아빠의 유산이 얼마나 되는지, 어떻게 하면 자신이 동생보다 더 많이 받을 수 있는지부터 알아보았다. 아빠는 모아놓은 돈도, 자기 소유의 집도 없었지만 왜 그랬는지 보험은 이것저것 많이 들어 놓아서 사망보험금이 적지 않았다.

법적으로 자녀끼리 유산을 상속받는 비율은 같은데, 고인에 대한 기여도가 입증되면 소송을 통해 상속 비율을 늘릴 수 있었다. 유선은 어떻게든 동생보다 유산을 더 받아내고 싶었다. 무엇 하나 기대할 것 없는 불안정한 삶에 그나마 버팀목이 되어줄 돈이기도 했지만, 무엇보다 자신에게 끔찍한 십 대의 기억을 준 아빠한테 받을 수 있는 유일한 보상이라 여겼다.

유선은 아빠의 마지막 3개월을 곁에서 지켰다. 죽음을 목전에 두었으면서도 아빠는 자신을 찾아온 딸을 고마워하기는커녕 비난하고 온갖 추태를 보였다. 간병 휴직이 따로 없던 유선의 회사는 조퇴와 휴가가 잦아지자 드러내놓고 눈치를 주었고, 결국 유선은 회사도 그만두었다.

그렇게 힘한 시간을 이를 악물고 견뎠는데 장례 이후 찾아간 변호사는 그 정도로는 기여도 입증이 어려우니 괜히 돈과 시간 버리지 말고 동생과 원만하게 처리하라고 했다. 다른 변호사들도 마찬가지였다. 유선은 분하고 억울한 마음에 아빠한테 당했던 과거까지 얘기하며 어떻게든 더 많이 받아보려 했다. 하지만 변호사는 지금 와서 입증도 할 수 없고, 설사 입증된다고 하더라도 상속 비율이 바뀌지는 않을 거라며 아쉽지만 어쩔 수 없다고 했다. 법이 그렇다고 했다. 유선은 부아가 치밀었지만 받아들이는 수밖에 없었다.

"넌 그 돈 받을 자격도 없었어, 이 개새끼야. 그 돈은 내 돈이었다고!"

떨리는 목소리로 유선이 소리쳤다. 유진의 표정이 돌변했다. 잔에 남아있던 소주를 입에 털어 넣고 큰 소리가 나게 잔을 식탁에 내려놓았다. 지형은 무슨 일이 벌어지진 않을까 조마조마했다.

"씨발, 법에서 공평하게 주라고 되어 있어서 받은 건데 왜 지랄이야!"

"이 더러운 새끼, 당장 내 집에서 나가. 꺼져!"

유선은 거의 악을 쓰며 유진을 향해 나가라고 소리쳤다. 유진은 어이없다는 듯 유선을 쳐다보다가 끝내 자리에서 일어났다.

"미친년, 지는 뭐 얼마나 깨끗한 줄 알아."

유선을 향해 내뱉은 말에 지형은 분명 화가 났지만 그렇다고 딱히 어떤 행동도 하진 않았다. 그저 얼굴을 감싸고 울부짖고 있는 유선을 달래기만 했다. 유진은 작은 방으로 가서 짐을 챙겼고, 잠시 후 가방을 끌고 나와 현관문으로 나갔다. 가방이 지나간 자리엔 들어올 때와 마찬가지로 바퀴에서 묻은 얼룩이 남았다. 지형은 희미하게 남겨진 얼룩을 물끄러미 쳐다보았다.

*

유선을 진정시키고 침대에 눕힌 지형은 잠시 후 조용히 현관문을 열고 몰래 밖으로 나갔다. 주차장에 가보니 예상대로 아직 안 떠난 유진이 차 옆에 서서 담배를 피우고 있었다. 지형을 발견한 유진이 마지막 한 모금을 빨고 이미 꽁초가 여러 개 흩어져 있는 바닥에 담배를 버렸다.

"어쩌다 분위기가 그렇게 됐네. 미안하게 됐어, 매형."

"아니, 뭐……"

사과를 받으러 온 건 아니었다. 지형은 유진에게 물어보고 싶은 게 있었다. 그런데 막상 유진을 만나니 조금 머뭇거려졌다. 가만히 지형을 바라보던 유진이 주머니에서 담배를 꺼내 지형에게 건넸다.

"피울래?"

잠시 고민하던 지형은 담배를 입에 물었고 유진은 불을 붙여 주었다. 오랜만에 깊숙이 빨아들인 담배 연기가 그 어느 때보다 진하고 독하게, 그리고 마지막엔 달콤하게 느껴졌다. 지형은 인상을 쓰며 연거푸 빠르게 연기를 빨아들이고 뱉어냈다. 그러한 지형을 보며 유진이 희미한 미소를 짓더니 새 담배에 불을 붙였다.

"뭐 할 말 있어?"

"혹시……"

지형은 말을 하려다 끊고 다시 담배 연기를 길게 빨아들였다. 담뱃불은 이미 손가락에 닿을 만큼 가까워졌다.

"혹시 아까 얘기했던 투자, 그거 진짜야?"

유진이 가느다랗게 뜬 눈으로 지형을 바라보았다. 뭔가를 생각하는 듯 잠시 말이 없었다. 지형은 괜히 긴장됐다. 이러한 상황에서 투자 얘기를 하는 자신을 유진이 이상하게 보는 건 아닐지 걱정됐다. 잠시 후 유진이 지형에게 담배 한 개비를 새로 건네며 말했다.

"당연히 진짜지. 나도 집 보증금을 투자한 사람인데 왜 거짓말을 하겠어."

지형은 천천히 고개를 끄덕이며 두 번째 담배에 불을 붙인 뒤 매끈하게 빠진 BMW를 바라보았다. 최근 세차를 했는지 검은 표면의 광택이 반짝거렸다.

"지금도 가능할까? 그 투자."

유진은 사람 좋은 미소를 지으며 지형의 어깨를 가볍게 두드렸다.

당연히 가능하지. 너도 큰 수익을 볼 수 있어. 그럼 회사 같은 데서 같지도 않은 놈들에게 무시당할 필요도 없다고. 태어날지도 모를 아이에게 떳떳할 수도 있고.

유진은 아무 말도 하지 않았다. 하지만 지형은 그의 표정과 행동이 그렇게 말하는 것처럼 느꼈다. 지형은 고개를 끄덕였다. 유진이 오른손을 내밀었고, 지형은 그 손을 잡으며 말했다.

"연락할게."

집으로 들어온 지형은 한참을 소파에 앉아 있었다. 잠들었는지 유선은 인기척이 없었고, 집안은 조금 전의 날선 긴장감은 온데간데없이 고요하고 평안했다. 지형의 귓가엔 심장이 쿵쾅거리는 소리만이 가득했다. 지형은 유선의 통장만 생각하고 있었다. 장인어른의 유산이 들어있는 통장. 침실 화장대 맨 아래 서랍의 가장 깊숙한 곳, 붉은색 틴케이스에 들어있는 통장. 유선의 도장과 신분증, 그리고 은행 카드와 나란히 놓여 있는 통장. 유선은 지형이 통장의 위치를 모른다고 생각했지만, 지형은 알고 있었다. 유선이 집에 없을 때 몇 번씩이나 꺼내어 보고 금액을 확인했었다. 심지어 지형은 통장의 비밀번호도 알고 있었다. 유선의 모든 비밀번호는 전화번호 뒷자리였다.

내일 아침 유선이 침실에서 나오면 틈을 봐서 통장과 카드를 몰래 꺼내자고 지형은 생각했다. 혹시 모르니 도장과 신분증도. 그리고 바로 병원에 가는 척 집에서 나와 은행으로 갈 계획이었다. 이러한 생각을 하고 있으니 긴장도 됐지만, 그만큼 흥분도 됐다. 가슴이 미친 듯이 두근거렸다. 정말 오랜만에 느껴보는 두근거림이었다.

지형은 상기된 얼굴로 소파에서 일어나 어지럽게 늘어

져 있는 식탁 위를 치우기 시작했다. 자신도 모르게 흥얼거려지는 노래에 깜짝 놀랐다. 지금 유선이 깬다면 자신의 계획을 들킬 것만 같았다. 심호흡을 내쉬며 흥분된 기분을 가라앉히려 애썼다. 하지만 얼굴 가득한 웃음은 어찌할 수 없었다. 그렇게 흥분을 억누르며 쓰레기를 정리하다 음식 국물이 하얀 벽에 튀었는데, 지형은 알아채지 못했다.

*

침대에 누워있던 유선은 끓어오르는 분을 도저히 삭일 수 없었다.

빌어먹을 자식. 집안 재산 야금야금 까먹은 새끼가 감히 나한테 그따위 소리를 지껄여?

유선은 아빠의 유산을 정리하다 알게 되었다. 유진이 주식과 코인 등에 투자한다며 아빠가 그나마 모아 놓은 돈을 탕진했다는 사실을. 그 생각만 하면 지금도 화가 나는데, 또 얼토당토아니한 투자 얘기를 들먹거리며 자기 돈까지 노리고 있다는 사실에 소름이 끼쳤다.

절대로, 절대로 너 따위한테 뺏기지 않을 거야.

그렇게 씩씩거리고 있는데, 순간 유선은 자신의 몸이 어딘가 이상하다는 걸 느꼈다. 고개를 들어보니 배가 서서히 부풀어 올랐다. 유선은 깜짝 놀랐다. 그와 동시에 자신이 임신했다고 생각했다. 그토록 기다렸던 임신에 드디어 성공했다고 생각하니 방금까지 가득했던 분노는 모두 사라졌다. 부풀어 오른 배를 어루만지며 행복해했다.

넌 내 모든 것이야.

잠시 후 아랫도리에서 아기가 나오는 게 느껴졌다. 산통은 없었다. 하지만 유선은 이상하다는 생각은 전혀 하지 않았다. 그저 어서 빨리 아기를 만나고 싶은 마음뿐이었다. 마침내 미끄덩한 덩어리가 완전히 나온 게 느껴졌고, 유선은 몸을 일으켜 아기를 확인했다. 그리고 기겁했다. 자신의 두 다리 사이에서 나온 아기는 유진의 얼굴을 하고 있었다. 앙증맞은 팔다리를 꼼지락거리며 유진의 무표정한 얼굴이 유선을 물끄러미 노려보았다. 유선은 비명도 지를 수 없었다. 손발도 움직여지지 않았다. 두 눈을 부릅뜨고 있는 유선을 향해 유진이 말했다.

"너도 나와 똑같아. 더럽지."

순간 유선을 둘러싼 하얀 벽에 검푸른 곰팡이가 스멀스멀 피어오르기 시작했다. 유선은 눈을 감고 비명을 지르고 싶었지만 몸이 말을 듣지 않았다. 어느새 방은 온통 곰팡이로 뒤덮였고, 유진은 기분 나쁜 미소를 지으며 유선을 바라보았다. 유선은 두려움에 몸을 떨다 마침내 비명을 지를 수 있었고, 잠에서 깨어났다.

온몸이 땀에 젖어있었다. 유선은 가랑이 사이를 확인했고, 아무런 이상이 없는 것에 안도의 한숨을 쉬었다. 옆에는 지형이 곤히 잠들어 있었다. 모골이 송연할 정도로 끔찍하고 소름 돋는 꿈이었다. 유선은 침대에서 일어나 욕실로 가서 따듯한 물로 오랫동안 샤워를 했다.

다음 날 아침, 지형은 병원에 다녀온다며 일찍 집을 나섰다. 이래저래 마음에 안 드는 점도 많았지만 군말 없이 하란 대로 해주는 지형이 유선은 고맙기도 하고, 안쓰럽기도 했다. 그리고 보면 퇴사 이후 누구보다 답답하고 힘든 건 지형이었을 텐데 자신이 닦달만 한 것 같아 미안한 마음이 들기도 했다. 사실 지형이 당장 돈을 벌지 않아도 상속받은 돈을 쓴다면 어느 정도는 버틸 수 있었다. 웬만하면 그 돈을 그렇게 쓰고 싶진 않았지만 그렇다고 지형의 취업을 마냥 기다리고만 있을 수는 없었다.

어젯밤 꿈 때문에 심란한 마음도 정리할 겸 유선은 청소를 시작했다. 창문을 활짝 열고 구석구석 쓸고 닦았다. 유진이 지냈던 작은 방은 딱히 더러운 것도 없었지만 괜히 더 신경 써서 청소했고, 유진이 거실 바닥에 남긴 얼룩을 닦을 땐 자신도 모르게 욕을 했다.

청소를 마친 뒤 유선은 습관적으로 벽 이곳저곳을 살폈다. 최근에 곰팡이를 제거해 그새 생겼을 것 같진 않았지만 그래도 꼼꼼히 봤다. 그러던 중 식탁 옆 벽에 붉은색 작은 점들을 발견했다. 그건 어젯밤 지형이 식탁을 치우던 중 음식 국물이 튄 자국이었는데, 유선은 그 사실을 몰랐기에 이것도 분명 곰팡이라고 생각했다. 어젯밤 꿈이 떠오르면서 유선은 몸서리를 쳤다.

점이 있는 부분에 곰팡이 제거제를 분사한 후 휴지로 살살 닦아냈다. 이렇게 하면 보통 곰팡이는 사라졌다. 하지만 이번엔 그렇지 않았다. 유선은 인상을 찌푸리며 더 많은 양을 분사했지만 붉은 점은 전혀 사라지지 않고 오히려 짙어졌다. 유선은 화가 났다. 제거제로 흠뻑 젖은 벽을 휴지로 힘껏 문질렀고, 그제야 조금씩 닦였다. 아니었다. 닦여서 없어지는 게 아니라 젖은 벽지가 벗겨지는 거였다. 하지만 유선은 무엇에 홀리기라도 한 듯 벽지가 다 상하는 걸 신경도 쓰지 않고 온 힘을 다해 문질렀다.

그렇게 한참을 문질렀을 때, 벗겨진 벽지 아래로 검푸른 자국이 희미하게 드러났다. 가만히 자국을 바라보던 유선의 가늘게 뜬 눈이 갑자기 커졌다. 벽지 뒤에 또 다른 벽지가 있었고, 드러난 자국은 안쪽 벽지에 핀 곰팡이였다. 유선은 벽지를 이리저리 살피다 벽지가 벽에 밀착되어 있지 않고 떠 있다는 사실을 알게 되었다. 유선은 커터 칼로 벽지를 그어 기다란 틈을 내었다. 틈에 손가락을 집어넣어 조심스럽게 벽지를 뜯어낸 유선은 순간 경악하며 손으로 입을 가린 채 뒤로 물러섰다.

벽지가 뜯어지며 드러난 벽은 온통 곰팡이로 덮여 있었다. 기묘한 모양으로 벽에 퍼져있는 곰팡이의 모습은 어둡고 난해한 추상화 작품 같았으며, 어젯밤 꿈에서 본 모습을 떠올리게 했다. 심장이 크고 빠르게 두근거리기 시작했다. 유선은 넋이 나간 것처럼 한참을 가만히 서 있다가 갑자기 뜯을 수 있는 벽지는 모조리 뜯어냈다. 벽은 곧 난장판이 되었고, 벽지가 뜯긴 곳은 모두 똑같은 상태였다.

지금까지 하얀 벽지 뒤에 가려져 있던 곰팡이가 이제야 모습이 드러났다. 이곳만 이런 게 아니라 분명 집 전체가 그렇다고 생각하니 유선은 너무나 끔찍해 다리에 힘이 풀렸고, 자리에 쓰러지듯 주저앉았다.

정신이 반쯤 나간 표정으로 벽을 바라보던 유선은 어

느 순간 압도적인 무력감을 느꼈다. 보이지 않는 곳에서 서서히 잠식하기 시작해, 이제는 없앨 수도 없고 가릴 수도 없는 곰팡이로 뒤덮인 삶. 그게 자신의 삶이라는 생각이 들었다. 곰팡이를 없앨 수 있다고 믿었던, 그래서 그렇게 유난을 떨었던 자신이 한심하고 바보처럼 여겨졌다. 갑자기 웃음이 새어 나왔다. 멈출 수 없었다. 어깨가 점점 크게 들썩였고, 웃음소리도 점차 커졌다. 그러더니 어느 순간 울부짖음처럼 변했다.

그렇게 한참을 흐느끼던 유선은 결심했다. 곰팡이를 없앨 수도 가릴 수도 없다면 자신이 도망가기로. 곰팡이가 없는 집으로 이사하기로. 이 집 보증금에 아빠의 유산을 합친다면 그런 집을 찾을 수 있다고 생각했다. 지형은 아무 의견 없이 자신을 따를 거기에 신경 쓰지 않았다.

"이 더러운 곳에서 당장······"

유선은 텅 빈 눈빛으로 벽의 곰팡이를 바라보며 다시 실실거리며 웃기 시작했다.

순간을 믿어요

우리가 겪은 일은 모두 현실적으로는 불가능해했지만 그건 그리 중요하지 않았다. 우리는 설명할 수 없는 어떠한 힘으로 서로 연결되어 있고, 서로가 서로에게 용기와 온기를 전해주었다. 그저 그 사실을 온전히 믿고 받아들이면 된다. 그거면 충분했다.

순간을 믿어요

 도쿄는 첫 방문이었다. 일본에서 가본 도시는 오사카와 교토뿐이었다. 하지만 도쿄가 낯설진 않았다. 건축이나 도시계획을 전공하고, 또는 업으로 하는 사람들에게 도쿄는 우수 사례이자 모범 답안지 같은 도시이다. 엄친아 같은 도시라고나 할까. 왠지 모르게 얄밉지만 결국 부러워하며 따라가야 할 도시. 나도 대학생 때, 그리고 도시계획 회사에서 일할 때 수많은 자료를 보며 도쿄의 건축과 도시계획을 공부했다. 그래서 그런지 검색하며 보게 된 주요 관광지의 이름과 지명이 익숙하다 못해 반갑기까지 했다.

 나리타 국제공항에서 전철을 타고 호텔이 있는 긴자의 신바시역에 내려 바라본 도쿄의 하늘은 회색 구름으로 가득했다. 3월 중순치고는 낮은 기온이 강하게 부는 바람 때문에 더 싸늘하게 느껴졌다. 날씨 때문에 그런지 도쿄의 첫인상은 그리 좋지 못했다. 숙소까지 여행용 가방을 끌고 가는 길이 계단이 많은 입체 보행교라서 더 그랬다.

사실 출판사에서 제안한 일정은 1박이었다. 만약 그 일정대로만 머무른다면 가방도 백팩 하나면 충분했다. 하지만 난 오랜만에 해외로 나온 김에 며칠 더 머물기로 했다. 최근엔 그다지 바쁜 일도 없어서 시간도 여유 있다 못해 남아돌 지경이었다. 그래서 난 돌아가는 비행기는 내가 알아서 구하겠다고 출판사에 얘기했는데, 담당자는 날짜가 언제가 됐든 항공편을 알려주면 자신들이 결제해 주겠다고 했다. 난 괜찮다고 했지만 담당자는 그럴 수는 없다며 회사의 정책이니 부디 사양하지 말아 달라고 했다. 이렇게까지 얘기하니 거절하기도 어려워서 난 알겠다고 했다.

호텔 로비는 세련된 고층 빌딩의 16층에 있었다. 로비에서 통창으로 보이는 도쿄의 풍경, 특히 도쿄타워가 보이는 풍경이 멋진 곳이라는 걸 검색을 통해 미리 알고 있었는데, 도착해보니 사진으로 보았던 것보다는 그다지 감흥이 크지 않았다. 어쩌면 우중충한 날씨 때문일지도 몰랐다. 담당자와 만나기로 한 시각보다 20분이나 먼저 도착했기에 난 로비의 소파에 앉아 기다리기로 했다. 아이보리색 직물 소파는 겉보기보다 더 푹신했다. 등을 기대고 편하게 앉으니 노곤함이 밀려왔다. 평소라면 결코 일어날 리 없는 새벽 시간부터 부지런히 움직였더니 피곤할 만도 했다. 손목시계를 보고 아직 여유가 있다는 것을 재차 확인한 나는 팔짱을 끼고 눈을 감았다.

굉장히 편안하고 달콤한 잠을 잤다. 아마 깨우지 않았다면 난 그대로 몇 시간을 내리 잤을 것이다. 하지만 누군가 내 어깨를 두드리는 느낌에 잠에서 깼고, 고개를 들어 앞을 보니 한 여성이 내 앞에 서 있었다. 난 소파에 파묻혀 있던 몸을 급하게 세우고 자리에서 일어났다. 갑자기 일어나서 그런지 순간적으로 어지러움이 살짝 느껴졌다. 난 눈을 감고 고개를 가볍게 좌우로 흔들었다.

"안녕하세요. 아침부터 먼 길 오시느라 피곤하셨죠?"

일본 억양이 섞여 있었지만 유창한 한국어 실력이었다. 난 그제야 상대방의 얼굴을 제대로 쳐다보았다.

"아야세 유이라고 합니다. 메일로 먼저 인사드렸었죠."

하얀 얼굴, 미소를 지으며 가늘어진 두 눈, 그리고 오른쪽 눈 옆의 작은 갈색 점. 내 앞의 얼굴을 본 순간 세월의 수면 아래 깊이 잠겨 있던 기억 하나가 조용히 떠올라 수면 위로 모습을 드러냈다. 에든버러의 그녀. 지금 내 앞에 서 있는 사람은 분명 그녀였다. 시간이 꽤 흘렀지만 그녀의 얼굴은 또렷이 기억하고 있었다. 절대 잊을 수 없었다. 나의 놀란 표정을 보고 의아해하는 유이에게 물었다.

"우리 예전에 만난 적 있죠?"

"네? 언제요?"

"에든버러에서요. 5년 정도 전에."

유이는 분명 당황한 기색이었다. 나는 대답을 기다리며 마른침을 삼켰다.

"전 에든버러에 간 적이 없어요."

유이의 대답에 이번엔 내가 당황했다. 헤어스타일이나 화장 등은 달랐지만, 분명 같은 얼굴이었다. 점의 위치며 크기, 그리고 색깔까지 똑같은데 이럴 수가 있나 싶었다. 하지만 에든버러에 간 적이 없다고 하니 같은 사람은 아닌 게 분명했다. 난 멋쩍은 표정으로 사과했다.

"아, 제가 예전에 만났던 분과 너무 닮아서요. 죄송합니다."

유이는 괜찮다며 웃었다. 웃는 모습은 그녀와 더욱더 닮아 보였다. 나도 모르게 한숨이 나왔다.

"그럼 이미 알려드렸던 대로 먼저 사무실로 이동할게요. 대표님과 함께 계약을 진행하고, 그 뒤엔 함께 점심을 먹고, 오후에는 번역가를 만나는 일정이에요. 아직 시간이 일러서 체크인은 안 될 테니 가방은 제가 프런트에 맡기고 올게요."

프런트에서 직원과 얘기를 나누는 유이의 뒷모습을 보며 에든버러에서 만났던 그녀가 더 몸집이 작았었나 싶었지만 정확하진 않았다. 난 머리를 긁적이고 유이를 따라 엘리베이터에 탔다. 지하 주차장에 세워진 유이의 차는 붉은색 스즈키 알토였다. 하필 또 붉은색이라니. 우리는 차에 탔고, 유이는 유려한 핸들링으로 차를 몰아 주차장을 빠져나와 도로에 진입했다.

작년 말 발표한 내 소설집에 일본의 한 출판사가 관심을 보인 건 의외였다. 독립출판 형태로 직접 책을 출간하는 무명작가의 소설을 일본에 출간하고 싶다는 연락을 국내 에이전시를 통해 처음 받았을 땐 사기인가 싶었다. 더군다나 출판사가 관심을 가진 나의 신작은 전작들보다 평가도 좋지 못했다. 기존과는 다른 어둡고 초현실적인 분위기의 소설에 독자들은 그다지 호의적이지 않았다. 전 남자친구의 영혼과 함께 다림질하는 여성의 이야기나, 손바닥에 눈이 생긴 질투에 사로잡힌 청년의 이야기, 또는 말하는 고양이가 나와서 인간들에게 복수하려는 이야기를 독자들은 선뜻 받아들이지 못했다. 전작들과 분위기가 너무

달라서 내 소설 같지 않고 낯설다는 반응이었다. 마음에 안 들어 하는 건 어쩔 수 없지만, 내 소설 같지 않다는 의견은 조금 억울했다. 내가 쓴 소설이고, 내가 창조한 이야기인데 말이다.

그렇게 좌절하고 있는 나에게 일본의 출판사는 그동안 한국의 독립출판물 시장을 꾸준히 지켜보고 있었고, 몇 년 전 내 소설을 처음 알게 되어 흥미를 갖게 됐다는 메일을 보냈다. 그 메일에는 내 신작 소설의 일본 출간을 제안하며 이런 문장이 적혀 있었다.

작가님의 흥미로운 신작이 분명 일본에서 유의미한 반응을 얻을 수 있다고 확신합니다.

확신이라니. 확신은 굳게 믿는다는 의미인데. 어떻게 그럴 수 있지? 난 고개를 갸우뚱했지만 어쨌든 내 돈 들어갈 일 없이 인세를 받고 해외에 출간하는 기회이니 마다할 이유는 없었다. 그래서 출판사의 요구를 수락했고, 에이전시와 함께 계약 세부 사항을 조율했다. 최종 계약을 앞두고 출판사는 그래도 계약서 사인은 만나서 해야 하지 않겠냐며 나를 일본으로 초청했다.

"며칠이나 더 머무르실지는 결정하셨나요?"

유이가 물었다. 난 긴자 거리에 늘어선 명품브랜드의 상점과 그 앞을 걸어 다니는 북적이는 사람들을 넋 나간 사람처럼 바라보던 중이었다.

"길게는 아니고, 이삼일 정도 생각하고 있습니다."

"도쿄에 계실 건가요?"

"아니요. 복잡한 도시를 관광하는 건 별로 흥미가 없어서요."

"맞아요. 도쿄는 너무 복잡하죠. 사람도 정말 많고. 그럼 어디로 가실 계획이세요?"

"하코네에 갈까 해요. 온천이나 하면서 푹 쉬다 오면 좋지 않을까 해서요."

"하코네 좋죠. 저도 대학생 때 친구들과 가봤어요. 아시노 호수에서 배도 타고, 오와쿠다니에서 달걀도 먹고, 온천에서 유령도 보고."

"유령이요?"

유이는 손으로 입을 가리고 작게 소리 내어 웃었다.

"네. 그때 작고 오래된 온천장에서 묵었는데요, 저녁에 온천탕에서 한 할머니를 만났어요. 어쩌다 보니 함께 이런저런 얘기를 나누며 목욕하고 헤어졌죠. 유쾌한 할머니였어요. 그리고 다음 날 아침에 놀라운 사실을 알게 되었는데, 그 온천장에 묵고 있는 손님은 우리뿐이었던 거예요.

할머니는 물론이고 다른 손님은 아무도 없었다는 주인의 말에 처음엔 놀라고 무서웠지만 나중엔 재미있었어요. 할머니 유령이 우리에게 기억에 남는 추억을 선물해 주려 했나보다 생각했죠."

유이는 그때의 기억이 즐거웠는지 밝은 표정이었다. 가만히 보고 있으니 덩달아 기분이 좋아지는 표정이었다.

"그런데, 한국말을 엄청 잘하시네요?"

"아, 제가 어렸을 적부터 한국 문화에 관심이 많아서 틈틈이 한국어를 독학했어요. 대학교에서 아시아 문학을 전공하며 전문적으로 배우기도 했고요."

난 유이를 바라보며 입을 살짝 벌린 채 놀란 표정만 지을 뿐 아무 말도 할 수 없었다. 내 표정을 흘깃 본 유이는 왜 그러냐고 물었다. 난 아무것도 아니라며 얼버무렸다. 자세히 설명한다 해도 분명 쉽게 받아들이기 어려운 얘기였다.

도대체 어떻게 된 걸까. 외모도 같고, 한국어를 잘하는 것도, 심지어 전공까지 같은데 유이는 에든버러의 그녀가 아니었다. 이건 그저 단순히 놀라운 우연의 일치일까. 아니면, 내게 또 도저히 이해할 수 없는 일이 일어나고 있는 걸까. 머릿속이 복잡했다. 난 시선을 다시 창밖으로 돌렸다. 긴자의 화려한 번화가를 벗어나니 서울과 별반 다를 것 없어 보이는 빌딩 숲의 풍경이 펼쳐졌다. 유이는 갑자기 말이 없어진 내 분위기를 살피며 조심스럽게 운전을 계속했다.

*

계약은 별다른 특이 사항 없이 빠르게 마쳤다. 서로 이미 계약서를 꼼꼼히 검토한 상태였기에 사인만 하면 됐다. 계약을 마친 후 대표에게 출판사 소개를 받고 이런저런 대화를 나눴다.

총직원이 10명도 안 되는 소규모 출판사였다. 문학, 인문, 자기 계발부터 아동용 만화까지 다양한 장르의 책을 출간하고 있었는데, 종이책도 출간하지만 최근엔 전자책 출간에 더 큰 비중을 두고 있었다. 내 책도 전자책으로만 출간될 예정이었다.

"일본 출판시장도 최근 전자책 비중이 급속도로 증가하는 추세입니다. 종이책만 고집해서는 출판사 운영이 쉽지 않습니다."

대표의 말을 유이가 통역해 주었다. 난 그의 의견에 공감한다는 표시로 고개를 끄덕여 보였다. 내 책이 독자들에게 많이 읽히기만 한다면 종이책이든 전자책이든 전혀 상관없었다.

한국의 독립출판물을 일본에 소개하는 건 유이의 아이디어라고 했다. 평소 한국 문학에 관심이 많았던 유이가 독립출판물에 주목했고, 일본 독자가 흥미를 보일만 한 독립출판물을 직접 선정한다는 것이었다.

"그 첫 번째가 바로 작가님 소설입니다."

대표의 말을 내게 통역해 주면서 유이는 부끄러운지 수줍게 웃었다. 얼굴도 약간 붉어진 듯했다. 나는 왜 내가 첫 번째였는지 궁금했지만 물어보진 않았다. 유이가 왠지 더 부끄러워할 것 같아서였다. 그래서 유이를 향해 그저 감사하다고만 했다.

어느 정도 대화를 나눈 후 출판사 대표, 그리고 유이와 함께 근처 식당으로 자리를 옮겼다. 장어덮밥으로 유명한 식당이라며 대표는 내가 부디 만족했으면 좋겠다고 했다. 마음에 안 들어도 당연히 좋다고 얘기했겠지만, 실제로 맛이 매우 훌륭했다. 난 오히려 양이 너무 적어서 아쉬울 정도로 맛있게 먹었다. 무척 맛있다는 나의 칭찬에 대표는 흡족해하는 표정이었다.

번역가 미팅까지 마치고 나자 오후 3시였다. 출판사와의 공식 일정은 여기까지였다. 지금부터는 나의 자유일정이었다. 대표와 인사를 나눈 뒤 나를 호텔까지 데려다주겠다는 유이와 함께 밖으로 나왔다. 하늘의 회색빛 구름은 오전보다 더 어두워져 곧 비가 내린다 해도 전혀 이상할 것 같지 않았다. 어두운 하늘과 회색빛 빌딩을 배경으로 서 있는 붉은색 알토는 마치 검붉은 장미처럼 강렬하게 눈에 띄었다. 난 잠시 가만히 서서 그 붉은색을 바라보다가 유이를 따라 차에 탔다.

"에든버러에는 여행으로 가셨었나요?"

운전하면서 유이가 물었다. 난 속으로 유이의 운전 실력에 감탄하던 중이었다. 부드러운 핸들링과 가감속보다 더 놀라운 건 그녀의 차가 수동 기어라는 점이었다. 아까는 낯설고 어색한 분위기에 눈에 들어오지 않았는데, 이제는 너무나 자연스럽고 안정적으로 변속하는 그녀의 몸짓이 시야에 들어왔다. 그 몸짓은 꽤 근사했다.

"아, 여행……이었죠."

자세히 말하기엔 얘기가 길어질 것 같아 나는 그냥 얼버무리듯 답했다. 하지만 나의 대답에 부자연스러움을 눈치챈 유이가 다시 물었다.

"대답이 뭔가 이상한데요?"

나는 잠시 망설이다 그냥 있는 그대로 말해주기로 했다. 어쩐지 유이한테는 그래도 괜찮을 것 같다는 기분이 들었다.

"에든버러는 가장 친한 친구가 가보고 싶었던 곳이었어요. 다른 이유는 아니고 위스키의 본고장에서 스카치위스키를 꼭 마셔보고 싶다는, 조금 한심한 이유였죠. 하지만 그 친구는 안타깝게도 그 소원을 이루기 전에 죽고 말았어요. 전 그 친구를 위해 뭐라도 해주고 싶었고, 그래서 에든버러에 갔어요. 그 친구의 소원을 대신 이루어주기 위해서."

교차로의 신호가 붉은색으로 바뀌었고, 유이는 정지선에 맞춰 부드럽게 차를 세웠다. 그리고 우아한 손놀림으로 기어를 중립으로 풀었다. 잠시 침묵이 흘렀다.

"그 친구가 혹시 K인가요? 이번 책 제일 앞장에 적혀 있는."

나의 친구 K에게.
네가 없어도 난 여전히 소설을 쓰고 있어. 어떻게든.

이번 소설집 첫 장에 이렇게 적었다. 그동안 망설였던 K를 향한 헌사를 이제는 해도 괜찮을 것 같았다. 여전히 내 소설은 부끄러웠지만 멈추지 않고 계속 쓰고 있다는 건 K에게 자랑하고 싶었다. K도 분명 날 칭찬해 주지 않았을까.

"그 친구 덕분에 소설을 쓰기 시작했어요. 그 친구가 없었다면 아마 저에겐 아무 일도 일어나지 않았을 거예요. 소설을 쓰지도 않았을 거고, 그랬다면 오늘 이렇게 일본에 와서 유이 님을 만나지도 못했겠죠."

신호가 파란색으로 바뀌었고, 유이는 다시 기어를 넣고 차를 출발시켰다. 어떠한 충격이나 불편함도 없었다. 정말 감탄이 절로 나오는 운전 실력이었다.

"사실 아까 에든버러 얘기를 하셔서 깜짝 놀랐어요."

난 반사적으로 유이를 바라보며 왜냐고 물었다. 실내가 좁은 차라 유이의 옆모습이 가까웠다. 아름답고 왠지 모르게 신뢰가 가는 옆모습이었다.

"이번 여름에 에든버러에 가거든요. 그런데 갑자기 전에 에든버러에서 만난 적 있지 않냐고 물으시니까 뭔가 조금 신기했어요."

"여행 가시는 건가요?"

"음, 여행……이죠."

지금까지의 또렷한 목소리와는 다르게 조금 흐릿한 말투였다. 보이지 않는 이면에 무언가 드러내지 않은 것이 있는 듯한 대답이었다. 나는 웃으며 물었다.

"대답이 뭔가 이상한데요?"

유이도 따라 웃었다. 하지만 말이 더 이어지진 않았다.

그저 전방만 바라보며 운전에 집중했다. 살짝 올라간 입꼬리에 말로 풀어내기 어려운 사연이 걸려있는 것처럼 보였다. 그래서 나도 더 묻지 않고 고개를 돌려 시선을 바깥으로 돌렸다. 올 때 지나쳤던 긴자의 번화가가 다시 보였고, 인도에는 여전히 사람이 북적였다.

호텔 앞에 도착한 유이는 지하 주차장으로 진입하려 했고, 난 그냥 도로변에서 내려달라고 했다. 유이는 함께 호텔로 올라가서 체크인까지 도와주겠다고 했지만, 난 그 정도는 스스로 할 수 있다고 했다.

"그럼 이제 뭐 하실 생각이세요?"

유이가 물었다. 별다른 계획은 없었다. 우선 양치를 하고 따듯한 물로 샤워하고 싶었다. 그 이후엔 잠시 쉬다가 시원한 맥주라도 한잔 마시면 좋을 것 같았다.

"혹시 가볍게 맥주를 마실 만한 괜찮은 곳 아시나요? 너무 관광객들로 북적이지 않는 곳으로."

유이는 잠시 생각하더니 조금 걷긴 해야 하지만 도쿄역에서 유라쿠초역을 지나는 고가철도 아래에 술을 마실 수 있는 괜찮은 음식점들이 많이 모여있다고 했다. 스마트폰의 지도 앱으로 확인해 보니 숙소에서 도보로 20분 정도 걸리는 거리였다. 난 이 정도면 괜찮다고 했다.

차에서 내린 우리는 마주 섰다. 다시 한번 자세히 보게 된 유이의 얼굴은 여전히 에든버러의 그녀를 떠올리게 했다. 붉은 우산 아래에서 부드럽고 따뜻한 입술로 내게 키스를 해주었던 그녀.

"그럼 이제 인사드릴게요. 아마 출간과 관련해서 앞으로 자주 메일 드릴 거예요."

유이가 허리를 숙이며 내게 인사하려 했다. 난 조금은 다급하게 말했다.

"저기, 혹시 괜찮다면 저녁에 함께 갈래요? 아까 말씀해 주신 곳."

갑작스러운 제안은 분명 그녀가 떠올라서였다. 난 그녀와, 아니 유이와 더 함께하고 싶었다. 그때처럼 멍하니 보내고 싶지는 않았다. 유이는 나의 제안에 살짝 당황한 것 같았다. 그럴 만도 했다. 거부한다고 해도 전혀 이상하지 않았다. 하지만 다행히 유이는 제안을 받아줬다.

"사무실로 돌아가 정리하고 나오면 6시 30분에는 올 수 있어요. 그때 괜찮으세요?"

난 좋다고 했다. 유이는 유라쿠초역 근처의 한 카페를 알려주며 그 앞에서 만나자고 했다. 그리고 다시 붉은색 알토를 타고 떠났다. 난 가만히 서서 도시의 어두운 풍경 속으로 붉은 점이 완전히 사라질 때까지 바라보았다.

*

유이가 말한 곳은 고가철도 아래 공간에 음식점과 주점, 카페 등이 조성되어 있었다. 파리의 프롬나드 플랑테와 유사한 모습이었는데, 다른 점이 있다면 이곳은 상부로 기차가 지나다닌다는 것이었다. 철도 아래로 늘어선 가게들을 보면서 고가철도나 고가차도 하부를 효율적으로 활용하지 못하는 한국은 도시계획에 있어 한참 멀었다는 생각이 들었다. 동시에 예전에 했던 일 때문에 습관적으로 이런 생각을 하는 내가 조금 우습게 느껴졌다. 난 이제 도시계획과는 아무 상관도 없는데.

카페 앞에서 유이를 만났다. 유라쿠초역 출입구에서 나온 그녀에게 지하철을 타고 온 거냐고 물었더니, 유이는 당연하다는 듯 고개를 끄덕이며 차는 사무실에 놓고 왔다고 했다. 나는 가볍게 어깨를 으쓱했다.

"혹시 원하는 음식이나 분위기가 있으신가요?"

유이가 물었고, 난 잘 모르니 아무 곳이나 괜찮다고 했다.

"그럼 제가 아는 곳으로 갈게요. 조금 시끄러울 수도 있지만 맛도 괜찮고, 작가님도 분명 좋아하실 거예요. 관광객도 거의 없어요."

유이를 따라 들어간 곳은 매우 시끌벅적한 주점이었다. 경쾌한 로큰롤 음악이 큰 소리로 흘러나왔고, 개방된 주방에선 여러 명의 요리사가 계속해서 뭐라고 크게 외치며 요리를 하고 있었다. 이에 질 수 없다는 듯 손님들도 모두 큰 목소리로 떠들고 있었다. 모든 소리가 너무 큰 거 아닌가 싶었는데, 그럴 수 밖에 없는 이유를 곧 알게 되었다. 고가철도 위로 거의 5분마다 열차가 지나다녔고, 그때마다 천장을 통해 전해지는 소음은 상당한 수준이었다. 그러니 그 소음에 묻히지 않으려면 모든 소리가 다 커야만 했다.

7시가 채 안 되었는데도 테이블 좌석은 이미 만석이라 우리는 주방 앞의 바 테이블에 앉아야 했다. 유이가 불편하지 않겠냐고 물었는데, 난 개인적으로 이런 자리를 더 선호했기에 상관없었다. 유이는 내 왼쪽 자리에 나란히 앉았다. 식당의 메뉴는 다양했다. 우리는 각자 먹고 싶은 꼬치 종류를 골랐고, 교자도 주문했다. 술은 각자 생맥주를 주문했다.

커다란 공간을 가득 채운 손님의 대부분은 퇴근한 직장인인 것 같았다. 남자들은 다들 하나같이 어두운 정장 차림이었다. 캐주얼한 회색 후드티셔츠 차림의 난 분명 이곳의 색과 어울리지 않고 이질적이었다. 옷을 괜히 갈아입고 나왔나 싶었지만, 어쩔 수 없었다.

"작가님 소설에 술 마시는 장면들이 자주 나오잖아요. 그래서 궁금했어요. 작가님도 술을 좋아하시는지."

"좋아해요. 아니, 좋아했어요. 지금은 예전처럼 자주 마시거나 많이 먹지는 않아요. 그저 맥주 한두 잔 정도."

"왜요? 이유가 있나요?"

종업원이 맥주를 테이블에 놓고 갔다. 우리는 잔을 들어 건배했다. 내가 간빠이, 라고 말하자 유이가 웃으며 건배, 라고 받아주었다. 난 맥주를 한 모금 마시고 잠시 생각하다 대답했다.

"이유야 여러 가지죠. 나이도 먹었고, 이제는 조금만 마셔도 다음 날 너무 피곤하거든요. 그리고 친구 때문이기도 해요. 아까 얘기했던 K요. 그 친구가 죽은 건, 물론 예상치 못한 사고이긴 했지만, 결국 술이 원인이었어요. 그렇게 친구가 죽고 나니까 도저히 술을 많이 마실 수가 없겠더라고요."

"두려우셨나요?"

유이가 날 바라보며 물었다. 난 시선을 옮겨 주방의 직원들을 바라보았다. 식재료를 다듬고 조리하는 일사불란한 그들의 움직임은 마치 치밀하게 연습 된 퍼포먼스처럼 보였다.

"글쎄요. 죽는 걸 두려워한 적은 없어요. 그것보다는

소중한 무언가를 잃는 것, 제가 두려운 건 그거예요. 상실과 그로 인한 부재를 마주했을 때 그것을 받아들이는 것도, 극복하는 것도 전 너무 어려워요."

유이는 맥주잔을 두 손으로 만지작거리며 잠시 생각하더니 천천히 조심스럽게 말했다.

"그러한 작가님의 고민이 왠지 이번 소설들에 드러난 것처럼 느껴지기도 해요."

나는 고개를 끄덕였다.

"그럴지도 몰라요. K가 세상을 떠난 뒤부터 그러한 생각이 머릿속에서 사라지질 않아요. 내 몸 어딘가에 문신처럼 새겨진 것 같기도 해요. 그러니 제 소설에서 그러한 고민이 드러나는 게 당연한 걸지도 모르죠."

"그래도 전 이번 소설에선 상실과 부재를 있는 그대로 받아들이고, 또 극복하려는 모습이 드러났다고 생각해요. 작가님만의 독특한 문학적 세계를 통해서요."

난 유이를 바라보았다. 오른쪽 눈 옆의 작은 점이 눈에 들어왔다. 그때 에든버러에서도 그녀와 난 벤치에 이렇게 나란히 앉았다. 붉은색 우산 아래에서 그녀는 내게 말했다. 현실이든 환상이든 중요하지 않다고. 중요한 건 믿는 거라고. 그러면 나의 이야기가 된다고. 그 말은 어쩌면 이런 의미가 아니었을까? K의 상실과 부재를 두려워하지 말고 받아들이라고. 그러면 너의 이야기를 쓸 수 있다고. 내가 지금까지 계속 소설을 쓸 수 있었던 건 결국 K가 떠난 자리를, 그의 부재를 받아들였기 때문인지도 모른다.

"모르겠어요. 사실 전 아직도 제 소설에 자신 없고 부끄러워요. 여전히 하루키의 세계를 벗어나지도 못했고."

"무라카미 하루키요?"

"네. 제일 좋아하는 작가이자, 저를 옭아매는 작가."

유이가 날 가만히 바라보더니 미소를 지으며 말했다.

"전 오히려 그래서 작가님의 소설이 좋은걸요. 일본에서 출간된 작가님의 소설을 만약 하루키가 읽는다면, 그도 분명 좋아할 거예요."

실현 가능성이 극도로 낮은 꿈같은 얘기였지만, 상상해 보는 것만으로도 기분은 좋았다. 내가 가장 좋아하는 작가가 내 소설을 좋아한다고 말한다면, 얼마나 행복할까.

"글쎄요. 그런 일이 일어날까요?"

"그럼요. 일어날 거라 믿는다면, 분명 일어날 거예요."

유이의 말에 나는 작은 소리로 웃었고, 우리는 잔을 들어 건배했다.

*

"그런데, 에든버러에는 왜 가시는 건가요?"

천천히 음식과 맥주를 즐기며 한참 이런저런 대화를 나누다가 유이에게 슬그머니 물었다. 내 마음 한구석엔 아까 차 안에서 들었던 유이의 흐릿한 대답과 표정이 남아 있었다. 유이는 잠시 말없이 젓가락 끝으로 접시 위에 의미 없는 모양만 그렸다. 어쩌면 대답하기 곤란한 질문인지도 몰랐다. 난 맥주를 한 모금 마셨다.

"프린지 페스티벌 아시나요?"

유이가 물었다. 난 알고 있다고, 예전에 갔을 때 그 축제가 끝난 이후였다고 말했다. 유이는 그 기간에 맞춰 에든버러를 방문한다고 했다.

"공연을 보러 가시는 건가요?"

"그런 거라고 할 수 있죠. 사실 전 남자 친구가 절 초대했어요."

"전 남자 친구요?"

"연극 연출가인데 그가 이번에 처음으로 페스티벌에 참여하게 되었어요. 매우 기뻐하면서 자신의 연극을 보러 오라고 했어요."

전 남자 친구가 연출하는 연극을 보러 해외로 가는 상황이 얼핏 의아했는데, 곧 그러지 못할 것도 없겠구나 싶었다. 헤어진 연인이라고 해서 평생 서로를 미워하면서 남으로 살아야 하는 건 아닐 테니까. 난 유이에게 세계적 행사에서 공연을 직접 보는 기회이니 분명 멋질 것 같다고 했다. 유이는 희미한 미소를 지으며 고개를 갸웃했다.

"그는 어떻게든 제가 다시 시작할 수 있게끔 도와주려고 해요."

"무엇을요?"

식당 안은 음악 소리와 함께 사람들의 대화와 웃음소리로 가득했지만 내가 알아들을 수 없는 소리라 그런지 그렇게 귀에 거슬리진 않았다. 하지만 유이의 목소리를 듣기 위해서 조금 더 집중해야만 했고, 난 그녀 쪽으로 고개를 기울였다.

"연기요. 사실 전 그와 극단 생활을 함께했어요. 배우였거든요."

난 놀란 표정으로 유이를 바라보았다. 당연히 이쪽 분야에서 계속 일했을 거라 예상했다. 전혀 몰랐다고, 어떻게 된 거냐는 내 물음에 유이는 그다지 재밌는 얘기는 아니라고 했다. 혹시 괜찮다면 듣고 싶다고 하자, 유이는 조금 긴 얘기가 될지도 모른다고 망설였다. 하지만 잠시 후 마음을 먹은 듯 이야기를 시작했다.

"연극을 시작한 건 남자 친구 때문이었어요."

오픈 주방의 꼬치를 굽는 그릴에서 흰 연기가 자욱이

피어올랐다. 마치 연기 저 너머로 유이의 과거가 펼쳐지는 듯했다.

"그는 저와 같은 대학교에서 연극을 전공하는 학생이자 연극 클럽의 회장이었어요. 친구 소개로 만났는데 저는 처음부터 그가 마음에 들었어요. 그도 마찬가지였고요. 우리는 고민할 것도 없이 자연스럽게 연인이 되었죠."

나는 말없이 고개만 천천히 끄덕였다. 유이는 계속해서 말했다.

"우리는 같이 각본 작업을 하게 되었어요. 제 전공이 문학이다 보니 그가 저에게 함께 해보자고 했고, 저도 그와 함께라면 무엇이든 좋았으니 거절할 이유가 없었죠. 작가님은 연극 좋아하시나요?"

"그렇게 즐겨 보진 않아요. 그저 관심만 있는 정도?"

"저도 그랬어요. 크게 흥미가 있지는 않았어요. 그저 문학작품으로서 고전 희곡을 좋아했을 뿐. 그런데 직접 각본을 쓰다 보니 연극의 매력을 알겠더라고요. 저도 모르게 점점 빠지게 되었어요. 그때 마침 클럽에서 새롭게 시작하는 연극에 배우가 부족했고, 남자 친구가 제게 연기를 해보면 어떻겠냐고 제안했어요. 직접 해보면 더 재미있을 거라면서. 전 제가 연기를 한다는 건 상상도 해본 적 없었어요. 사람들 앞에 나서는 성격이 아니었으니까. 그래서 처음엔 거절했는데 그는 포기하지 않고 계속 권유했어요. 결국 그다지 내키지 않았지만 전 경험 삼아 한 번 도전해 보기로 했어요. 해보고 아니다 싶으면 그만두자는 생각이었죠. 그렇게 생전 처음 연기를 했는데, 놀랍게도 너무 재밌는 거예요. 정말 말도 안 될 정도로. 그때의 즐거움은 살면서 처음 느껴본 기분이었어요. 마치 제 안의 무언가 뜨겁게 타오르는 것 같은 기분. 작가님도 아시려나요?"

난 알 것 같다고 대답했다. 아마도 처음 소설을 쓰기 시작했을 때 나도 그런 기분을 느꼈을 것이다. 이게 아니면 안 될 것 같은 기분. 내 모든 것이 되어버린 기분.

유이는 잠시 숨을 고르고 잔에 얼마 남지 않은 맥주를 마셨다. 우리는 맥주를 한 잔씩 더 주문했다.

"대학에 들어올 때만 해도 전 문학과 관련된 일을 하고 싶었어요. 평론이나 연구 같은 거요. 공부도 열심히 했어요. 대학원도 생각했으니까요. 그런데 연기를 경험한 이후부터 제 삶은 온통 연기로 가득 차 버렸어요. 제 안에서 타오르던 불은 점점 커져 모든 것을 집어삼킬 만큼 거대해졌죠. 다른 건 생각할 수 없었어요. 그래서 졸업 후에 남자 친구가 만든 극단에 들어갔어요. 당연한 선택이었어요. 망설임이나 주저함은 전혀 없었어요."

"자신이 좋아하는 걸 의심 없이 선택하는 건 멋진 거

죠. 아무나 그렇게 할 수는 없어요."

내가 아는 사람 중에 그런 선택을 한 사람은 K가 유일했다. 유이는 테이블 위의 깍지 낀 손을 물끄러미 바라보았다. 입가에 작은 미소가 잠시 떠올랐다 가라앉았다. 새로운 맥주가 나왔고 종업원은 빈 접시를 치워갔다. 난 음식이 더 필요한지 물었고, 유이는 괜찮다고 했다. 시간이 꽤 지났음에도 식당의 테이블은 여전히 빈자리가 없었고, 시끄러웠으며, 주방의 직원들은 알 수 없는 소리를 외치며 쉴 새 없이 요리를 만들고 있었다.

"극단 생활은 생각보다 힘들기도 했지만, 하루하루 새롭게 연기를 배워가는 건 분명 그 무엇과도 비교할 수 없는 즐거움이었어요. 남자 친구도 그런 저를 보며 기뻐했어요. 연기하는 제 모습이 누구보다 생기 넘치고 아름답다고 했죠. 멋진 날들이었어요. 저는 그렇게 설레고 흥분되는 날들이 계속될 줄 알았어요."

"그런데, 그렇지 않았나요?"

"네, 그렇지 않았어요."

차가운 맥주잔에 물기가 맺혀 있었다. 유이는 손가락으로 글씨를 쓰듯 조심스럽게 물기를 닦아내었다.

"시간이 흐르자 전 한계에 부딪혔어요. 전문적으로 연기를 배운 배우들과의 차이를 실감했죠. 학교 클럽의 아마

추어 배우들과는 비교할 수 없었어요. 가지고 있는 재능 자체가 달랐으니까. 그들과 저는 출발선 자체가 달랐던 거죠. 전 낙심했어요. 하지만 신경 쓰지 않고 한계를 넘으려 노력했어요. 할 수 있다고 생각했어요. 그런데 이상하게도 노력할수록 점점 더 자신감이 사라졌어요. 이렇게까지 했는데 안 되는 걸 보면 내 연기는 여기까지인가 싶어 불안했고, 심지어 내가 연기를 진심으로 좋아하긴 하는 걸까 의심하기도 했어요. 어느새 의심은 두려움이 되었고, 불안함과 두려움은 저를 완전히 잠식해 버렸죠."

유이는 잠시 이야기를 멈추고 허공을 보며 숨을 돌렸다. 난 천천히 맥주를 한 모금 마시다가 주방에서 꼬치를 굽는 요리사와 눈이 마주쳤다. 하얀 연기 너머로 그가 날 보며 미소 지었고, 나도 그를 향해 어색한 미소를 지어 보였다.

"그때 극단을 그만두고 나왔어야 했어요. 연기를 그만두던가, 아니면 휴식을 취하며 정신적으로 안정을 취해야 했죠. 하지만 그러지 않았어요. 왜 그랬는지는 모르겠어요. 조급했을 수도 있고, 한계를 인정하고 싶지 않았던 걸지도 모르죠. 이유가 뭐였든 그래선 안 됐어요. 어리석은 고집 때문에 결국 그런 경험을 하고야 만 거죠."

"그런 경험?"

"가을 정기 공연 첫 무대였어요. 극단의 가장 중요한 행사죠. 전 그 연극에서 분량은 작지만 극의 흐름에 큰 영향을 미치는 배역을 맡았어요. 주인공의 행동을 변화시키는 역할이었죠. 전 그때 불안하고 자신감이 많이 떨어진 상태였지만, 남자 친구는 제가 무사히 연기를 마치고 다시 연기를 향한 열정을 찾길 바랐어요. 그는 분명 그럴 수 있을 거라 믿었죠. 하지만 전 확신이 없었어요. 결국 극도로 불안정한 상태로 무대에 올랐고 무대에서 대사를 말하려는 순간, 관객석에 앉아 저를 바라보고 있는 제 모습을 보았어요."

나는 유이를 바라보며 그게 무슨 소리냐고 물었다. 유이는 짧게 한숨을 내쉬었다.

"아실지 모르겠지만, 무대에선 관객석이 잘 보이지 않아요. 관객석은 어둡고 무대는 조명 빛이 워낙에 강하니까요. 그런데 이상하게도 너무나 또렷하게 보였어요. 무표정한 얼굴로 관객석 한가운데에서 저를 가만히 응시하고 있는 제 얼굴이요. 아마 믿기 힘드시겠죠. 저도 믿기 힘들어요. 하지만 진짜였어요. 지금도 생생해요. 아무런 표정도 없는 얼굴. 하지만 전 그 얼굴이 절 비난하는 것 같다고, 비웃는 것 같다고 생각했어요. 전 몸이 굳어서 움직일 수 없었고 숨도 제대로 쉴 수 없었어요. 그리고 결국, 무대 위에서 기절해 버렸어요."

 난 무슨 말을 해야 할지 알 수 없었다. 그냥 천천히 맥주만 마셨다. 유이도 굳게 입을 다물고 테이블 위를 가만히 쳐다볼 뿐이었다. 우리를 둘러싼 공기가 조금 무거워진 것처럼 느껴졌다. 천장 위로 열차가 지나가는 소음이 무거워진 공기를 뚫고 전해졌다.

 "그날 이후 전 제 안의 한 부분이 텅 비어버렸다는 걸 깨달았어요. 거대하게 불타오르던 불이 모든 걸 태워 없애고 한순간에 꺼져버린 거죠. 재도 남지 않았어요. 완벽한 상실에 의해 만들어진 완벽한 부재의 공간. 제 안의 비어버린 공간은 바로 그거였어요. 극단은 그만두었어요. 다시는 연기를 할 수 없다고 생각했죠. 어쩌면 당연한 결과였다고 생각해요. 연기를 전공한 것도, 오랫동안 배운 것도 아니었으니까. 하지만 남자 친구는 저와 생각이 달랐어요. 다시 시작할 수 있다고 생각했고, 제가 그럴 수 있도록 도와주려 했어요. 제 수준에 맞는 아마추어 극단을 알아봐 주기도 했죠. 그는 제 안의 비어버린 공간을 인정하려 하지 않았어요. 분명히 다시 채울 수 있고, 다시 불을 붙일 수 있다고 믿었어요. 그래서 많이 싸웠어요. 둘 다 상대방이 자신을 이해하지 못한다고 생각했죠. 결국 그렇게 헤어졌어요."

"그래도 관계가 완전히 끊어진 건 아니었나 봐요. 에든버러에 초대하는 걸 보면."

유이는 오른손으로 머리카락을 뒤로 쓸어 넘기고 조금은 쓸쓸한 표정을 지었다.

"그와 헤어지고 나서 정신과 상담을 시작했어요. 그날의 기억에서 벗어나기 위해서요. 그런데 상담을 받으면서 깨달은 거예요. 제가 연기에 미련이 있다는 걸. 연기를 두려워하고 있다고 생각했는데, 오히려 그리워하고 있다는 걸 말이에요. 완전히 꺼진 줄로만 알았던 불이 작은 불씨로 어딘가에 살아있었던 거죠. 혼란스러웠고, 인정하지 않으려 했어요. 하지만 결국엔 받아들일 수밖에 없었어요."

익숙한 음악이 스피커를 통해 흘러나오기 시작했다. 마마스 앤 파파스의 〈California Dreamin'〉. 도입부의 멜로디가 왠지 모르게 유이의 이야기와 어울린다는 느낌이 들었다.

"전 그에게 이런 사실을 얘기했어요. 그는 다정하고 배려심이 많은 사람이었어요. 무엇보다 제가 연기를 좋아한다는 것을 오히려 저보다 믿어준 사람이었죠. 그는 급하게 생각하지 말자고 했어요. 연기는 언제든지 다시 시작할 수 있다고 하면서. 그것보다는 우선 연극에 다시 익숙해질 시간이, 연극을 편한 마음으로 다시 즐길 수 있게 되는 게 더 중요하다고 했죠. 그래서 연극 티켓을 수시로 보내줬어요. 많이 보고 느껴보라고. 에든버러에 초청한 것도 그러한 이유예요. 편한 마음으로 축제를 즐기다 보면 어느 순간 연극을 향한 순수한 열정이 다시 생기지 않을까 해서."

"정말 다정한 분이네요."

유이는 작게 미소 지을 뿐 별다른 말은 없었다. 나는 조심스럽게 물어보았다.

"다시 연기를 시작하실 건가요?"

유이는 아랫입술을 살며시 깨물었다. 그리고 오른손 검지로 오른쪽 눈 옆의 점을 살며시 어루만졌다.

"솔직히 모르겠어요. 분명 미련은 있는데, 내가 잘할 수 있을지 자신이 없어요. 그때와 똑같은 일을 겪을까 두렵기도 하고요. 비어버린 공간을 다시 채울 수 있을지, 잘 모르겠어요."

깊게 숨을 들이마셨다가 내뱉은 유이는 잠시 틈을 두었다가 말했다.

"그렇다고 안 한다고 단정 짓지는 못할 것 같아요. 그래서 결정은 최대한 유보하려고요. 지금은 그저 가만히 시간을 흘려보내는 게 필요한 것 같기도 해요."

나는 천천히 고개를 끄덕였다. 그리고 맥주잔을 들어 유이에게 향했다. 우리는 건배를 하고 맥주를 마셨다.

"맞아요. 자연스레 적당한 때가 올 거예요. 여름에 수박이 익고, 가을에 사과가 익는 것처럼. 결정하는 것도, 그 결정을 받아들이는 것도 그때 하면 돼요."

유이는 감사하다고 말하며 살며시 웃었다. 웃을 때 가늘어진 두 눈은 어쩔 수 없이 에든버러의 그녀를 떠올리게 했다. 나는 잠시 망설이다가 말했다.

"저도 그런 적이 있었어요. K라는 친구가 죽은 뒤, 전 계속 소설을 써도 되는 건지 확신이 없었어요. 그가 없는 상태에서 쓴 소설은 아무것도 아닌 것 같았죠. 그렇게 고민에 빠져있을 때 누군가 운명처럼 나타나 말했어요. 계속 쓰라고. 그리고 이렇게도 말했죠. 현실이든 환상이든 그건 중요하지 않다고. 중요한 건 그 순간을 믿는 거라고. 그러면 나의 이야기가 된다고."

순간 유이의 표정이 흔들렸다. 깊고 고요한 연못에 조약돌 하나가 떨어져 작은 파문이 조용하게 퍼지듯 미묘하게. 나는 몸을 왼쪽으로 돌려 유이의 얼굴을 똑바로 바라보며 말했다.

"그리고, 그 말을 해준 사람은 바로 당신이었어요."

유이는 놀란 표정으로 그게 무슨 소리냐고 물었다. 목소리가 살짝 떨렸다.

"말도 안 된다고 생각하겠지만, 그때 에든버러에서 나

한테 그렇게 말해주었던 사람은 유이 님과 똑같았어요. 외모뿐만 아니라 아시아 문학을 전공한 것까지도. 처음 봤을 때 놀라고 당황한 건 그래서였어요. 물론 유이 님은 에든버러에 간 적이 없으니 그때 그녀와 같은 사람이 아니라는 건 분명하죠. 하지만 왜 그런지, 전 두 분이 같은 사람처럼 느껴져요."

유이는 믿지 못하는 표정이었다. 어쩌면 당연했다. 그 누구도 이런 말은 쉽게 믿지 못할 것이다.

"우연이라고 하기엔 정말 신기하네요. 어떻게 그럴 수 있죠."

나는 다시 자세를 고쳐 앉았다. 그리고 주방에 자욱한 흰 연기를 바라보며 말했다.

"어떻게 된 건지는 저도 모르겠어요. 중요한 건 그녀의 말은 제 삶을 변화시켰고, 계속해서 어떻게든 소설을 쓰게 만들었다는 거예요. 감사하죠. 그래서……"

난 이렇게 말하고 싶었다. 당신 덕분에 지금까지 소설을 쓰고 있다고. 그래서 고맙다고. 비록 유이가 에든버러의 그녀는 아닐지라도. 하지만 그건 유이에게 너무 갑작스럽고 당혹스러울지도 몰랐다. 그래서 난 망설였고, 결국 그 말을 입 밖으로 꺼내지 못했다. 난 궁금한 표정으로 내 말을 기다리고 있는 유이에게 손을 내저으며 아무것도 아니라고 했다.

"그냥, 제가 하고 싶은 말은, 언젠가 유이 님에게도 그런 순간이 찾아올지도 모른다는 거예요. 모든 것이 변하는 순간. 그때 그 순간을 믿을 수 있었으면 좋겠어요."

천천히 고개를 끄덕이는 유이의 표정은 무언가를 골똘하게 생각하는 듯했다.

우리는 남은 맥주를 모두 마시고 자리에서 일어났다. 유이에게 식사 비용은 내가 내겠다고 했다. 사양하던 유이도 결국 받아들일 수밖에 없었다. 계산을 마치고 밖으로 나오니 어느새 밤이 깊은 도쿄에 비가 내리고 있었다. 소리도 없이 조용히 내리는 비였지만 우산을 안 쓰기엔 무리였다. 하지만 나도, 그리고 유이도 우산은 없었다. 어떻게 해야 할지 잠시 고민하던 중 길 건너편에 편의점이 보였다. 난 유이에게 잠시 기다리라고 말한 뒤 편의점으로 달려가 우산을 두 개 샀다. 그리고 다시 돌아왔다. 유이는 내 행동에 다소 놀란 듯 어쩔 줄을 몰라 했다. 난 유이에게 붉은색 우산을 건넸다.

"이런 날 비 맞으면 감기 걸려요."

유이는 조금 상기된 얼굴로 우산을 받았다. 우리는 서로 가야 할 방향이 반대였기에 가게 앞에서 헤어지기로 했다. 짧은 인사를 주고받으며 유이는 내게 하코네에서 편안한 시간 보내기를 바란다고, 그리고 돌아가는 비행기 편을 꼭 알려달라고 다시 한번 더 당부했다. 나는 알겠다고 답한 뒤 잠시 망설이다 유이에게 물었다.

"만약 연기를 다시 시작하신다면 꼭 한번 보고 싶어요. 혹시 연극에 절 초대해 주실 수 있을까요?"

"네, 물론이죠. 작가님께서 제 연기를 보러 오신다면 저 또한 기쁠 것 같아요."

우리는 마지막으로 인사를 하고 서로 반대 방향으로 몸을 돌렸다. 몇 걸음 걷던 난 문득 떠오른 생각에 몸을 돌려 유이의 뒷모습을 향해 소리쳤다.

"유이 님."

유이가 뒤돌아 나를 바라보았다.

"행운을 빌어요."

잠시 놀란 표정을 지었던 유이는 이내 가늘어진 두 눈으로 미소 지으며 내게 고개를 끄덕여 인사했다. 나는 손을 흔들어 주었고, 다시 뒤돌아 걸어가는 유이의 붉은색 우산이 시야에서 사라질 때까지 가만히 서서 바라보았다.

*

다음 날 일찍 체크아웃을 마치고 호텔에서 나와 신주

쿠역으로 이동했다. 하코네로 가기 위해선 신주쿠역에서 로망스카 열차를 타는 게 가장 빠르고 편한 방법이었다. 거대하고 복잡한 신주쿠역에서 열차 타는 곳을 찾아가는 데 조금 애를 먹긴 했지만, 다행히 목표했던 열차 시간에 늦지 않게 도착할 수 있었다. 나는 편의점에서 가벼운 도시락과 음료를 사서 열차에 탔다.

비는 그쳤지만 하늘은 여전히 흐렸다. 언제 다시 비가 내린다 해도 이상하지 않을 하늘이었다. 딱히 관광 생각은 없었으므로 날씨는 아무래도 상관없었다. 하코네에서 머무는 동안은 웬만하면 숙소에만 있을 생각이었다.

보기보단 맛이 별로였던 도시락을 대충 먹고 좌석에 몸을 깊숙이 파묻은 채 창밖을 바라보았다. 그리고 어젯밤 유이와 함께했던 시간을 다시 떠올려 보았다. 비록 고맙다는 말은 하지 못했지만, 헤어질 때 우산을 건네주고 행운을 빈다는 말을 해주어서 다행이라는 생각이 들었다. 에든버러의 그녀가 내게 그랬던 것처럼, 나의 행동이 유이에게 조금이라도 도움이 될 수 있기를 바랐다.

잠깐 얕은 잠이 들었다 깼다. 나는 기지개를 켜고 가방에서 노트북을 꺼냈다. 뭐라도 써볼 생각이었는데 우선 습관적으로 메일함을 확인했다. 그리고 유이로부터 온 메일을 발견했다.

작가님, 안녕하세요. 아야세 유이입니다.

이 메일은 아마도 하코네에서 보시지 않을까 싶네요.

어제는 잘 주무셨나요? 일본에서의 첫날 잠자리가 불편하지 않으셨기를 바랍니다.

어제 저는 쉽사리 잠들지 못했습니다. 저를 둘러싼 세계가 갑자기 낯설어 보이고 기분이 너무나 이상했거든요. 뭐라고 해야 할까. 마치 시공간의 경계가 살짝 틀어지고 저를 둘러싼 세계가 낯설게 변한 느낌이었습니다. 사실 작가님이 에든버러에서 저와 닮은 여성에게 들었던 말을 저에게 해주셨을 때 저는 그 말이 굉장히 익숙하다고 느꼈습니다. 언젠가 들어본 말 같았죠. 하지만 언제 어디서 들었던 건지 도저히 떠올릴 수 없었어요. 그래서 집에 걸어가는 동안 계속 기억을 떠올리려 노력했고, 집에 거의 도착해서야 마침내 생각해 낼 수 있었습니다.

그 말은 들었던 말이 아니라 제가 했던, 아니 해야 했던 말이었어요. 바로 마지막 연극에서 저의 대사였습니다. 주인공에게 변화를 유도하는, 그래서 극의 흐름을 전환하는 대사요. 이 사실을 깨닫고 너무나 놀라 온몸에 소름이

돋을 수밖에 없었어요. 어떻게 이런 일이 있을 수 있는 건지 믿을 수가 없었습니다. 솔직히 조금 무섭기도 했고요.

그런데 침대에 누워 차분하게 생각해 보니 어쨌든 그 대사가 작가님에게 도움이 되었고, 연극에서처럼 작가님의 삶을 변화시켰다는 걸 알게 되었어요. 저는 비록 무대에서 대사를 말하진 못했지만, 알 수 없는 힘으로 시간과 공간을 훌쩍 뛰어넘어 누구보다 그 대사가 간절히 필요했을 작가님에게 전해준 걸지도 몰라요. 이렇게 생각하니 두려움은 사라지고 오히려 다행이라는 생각이 들었습니다. 제가 작가님에게 도움이 된 것만 같아, 그리고 작가님이 계속해서 소설을 쓸 수 있게 용기를 드린 것 같아 뿌듯했습니다.

물론 이 모든 건 그저 엄청난 우연의 일치일 뿐일지도 모릅니다. 아마 그게 현실적이겠죠. 하지만 생각하면 할수록 그냥 무시해 버리기엔 작가님과 저는 어떻게든 연결되어 있다는 생각을 떨칠 수가 없어요. 그래서 시간이 흐르고 서로를 필요로 하는 순간이 또다시 찾아온다면 오래된 약속처럼 우리는 어딘가에서 다시 만날 것 같다는 예감이 듭니다. 그때는 작가님이나 저, 혹은 우리 모두 지금과는 다른 모습일 수도 있겠죠. 그래도 서로 반갑게 알아볼 수 있기를 바랍니다. 분명 그럴 수 있을 거예요.

생각해 보면 저에게도 중요한 변화의 순간이 있었어요. 바로 연기를 시작한 순간이요. 전 그때 어떤 의심도 없이 오롯이 연기에 몰입했다고 생각했는데, 돌이켜 보니 전 연기를 하는 내내 의심하고 불안해했던 것 같습니다. 저를 믿지 못했고, 제가 마주한 순간들을 믿지 못한 거죠. 만약 언젠가 제 삶을 변화시킬 순간이 다시 찾아온다면 작가님 말씀처럼 그 순간을 의심하지 않고 온전히 믿어보려 합니다. 이제는 그럴 수 있을 것 같아요. 작가님이 어제 해주신 행운을 빈다는 말이 마치 마법의 주문처럼 저에게 큰 응원이 되었어요. 진심으로 감사드립니다.

하코네에서 편안한 휴식 시간 보내시기를 바랍니다. 온천이 정말 좋을 거예요. 혹시 또 모르죠. 저처럼 온천에서 기억에 남을 경험을 하실지도요.

아야세 유이 드림

p.s. 어제 우산은 정말 감사했습니다. 무엇보다 붉은색이어서 너무 좋았어요. 사실 붉은색은 제가 가장 좋아하는 색이랍니다.

나는 유이의 메일을 천천히 몇 번이나 반복해서 읽었다. 흩어져 있던 퍼즐 조각들이 하나하나 맞춰지는 기분이었다. 우리가 겪은 일은 모두 현실적으로는 불가해했지만 그건 그리 중요하지 않았다. 우리는 설명할 수 없는 어떠한 힘으로 서로 연결되어 있고, 서로가 서로에게 용기와 온기를 전해주었다. 그저 그 사실을 온전히 믿고 받아들이면 된다. 그거면 충분했다.

난 글을 쓰려던 생각을 버리고 노트북을 덮었다. 그리고 창밖으로 시선을 돌렸다. 두툼한 회색빛 구름 사이로 아주 가끔 파란 하늘이 모습을 드러내었고, 그 아래로 전원의 풍경이 열차의 속도에 맞춰 조금씩 뒤로 밀려나고 있었다.

*

하코네에서 예약한 숙소는 역에서 멀리 떨어진, 아시노 호수 인근 숲속의 호텔이었다. 고즈넉한 주변 풍경과 어우러진 호텔의 모습은 마치 중세 유럽 귀족의 저택을 떠올리게 했다. 오래된 호텔이었지만 관리가 잘 되어 시설은 깨끗했고, 투숙객도 거의 없어 한적했다. 사전 정보 없이 가격이 저렴하고 예약이 많이 비어 있어 결정한 호텔이었는데 매우 만족스러웠다. 괜찮다면 며칠 더 머무르고 싶을 정도였다.

호텔 식당에서 맛이 꽤 훌륭한 소고기 요리와 와인으로 저녁 식사를 마친 후 방에서 휴식을 취하다 느지막이 온천탕을 찾았다. 자연 그대로의 모습이 아닌 인공적인 야외 수영장 같은 느낌이긴 했지만 노천탕도 있었다. 늦은 시간이라 그런지 온천탕에도 역시 사람은 없었다.

노천탕에 몸을 담그고 있으니 노곤해지면서 살짝 어지러웠다. 저녁 식사 때 마셨던 와인의 영향인 듯했다. 잠시 후 비가 내리기 시작했다. 빗방울이 꽤 차가웠지만 노천탕에 앉아 맞는 비의 느낌이 그리 나쁘진 않았다. 나는 눈을 감고 몸의 긴장을 의식적으로 풀려고 노력하며 온천욕을 즐겼다.

그렇게 시간이 한참 지난 후 목욕탕 문이 조용히 열리며 누군가 들어왔다. 그리고 그는 노천탕으로 들어와 내 옆에 나란히 앉았다. 탕의 크기가 그리 크지 않았기 때문에 마주 보고 앉는 것보다는 나란히 앉는 게 덜 어색하다고 그도 생각했을 것이다. 단둘이 아무 말도 없이 조용히 앉아 있는 중에 나는 별생각 없이 옆을 힐끔거렸는데, 그러다 나를 바라보고 있는 그와 짧게 눈이 마주쳤다. 그리고 순간적으로 얼어붙고 말았다. 그는 무라카미 하루키였다. 아니, 하루키라고 확신할 수는 없지만 하루키의 외모와 너무나 흡사해 하루키일 수밖에 없다는 생각을 떨칠 수가 없었다.

나는 두근거리는 심장을 겨우 진정시키고 용기를 내어 그를 향해 인기척을 냈다. 단정하게 접은 흰 수건을 머리에 얹은 채 눈을 감고 있던 그가 살며시 눈을 뜨고 고개를 돌려 나를 바라보았다. 나는 그에게 혹시 무라카미 하루키가 맞는지 물어보았다. 일본어는 할 줄 모르니 영어로. 물끄러미 날 바라보는 그의 표정은 지금 어떤 생각을 하고 있는지 전혀 읽을 수 없었다. 그는 고개를 작게 끄덕였다.

"Yes."

난 놀라움과 반가움에 순간적으로 숨이 멎을 것 같았다. 그토록 좋아하는 작가인 하루키를, 내 소설에 가장 큰 영향을 미친 작가인 하루키를 실제로 만나다니. 그것도 하코네의 한 노천탕에서 이렇게 단둘이. 믿을 수 없는 일이었다.

나는 흥분해서 버벅거리는 서툰 영어로 하루키에게 나의 애정을 어떻게든 전달하기 위해 노력했다. 당신의 열렬한 팬이라고. 당신의 모든 소설, 아니 당신의 모든 글을 사랑한다고. 가만히 듣고 있던 하루키는 특유의 무표정한 얼굴로 나를 지그시 바라보다 짧게 한마디 했다.

"Thank you."

그러고는 다시 고개를 돌려 눈을 감고 조용히 사색에 잠겼다. 차가운 빗방울은 계속해서 내렸고, 노천탕에는 정적이 흘렀다. 그제야 내가 하루키에게 무례를 범한 건지도 모른다는 걸 깨달았다. 아무리 팬이라지만 목욕탕에서 발가벗은 채로 인사를 받는다면 분명 그다지 유쾌하지는 않을 것이다. 나는 순간 무안해져서 조용히 일어나 노천탕을 빠져나가려 했다. 그때 등 뒤에서 목소리가 들렸다.

"I like your novel. Keep writing."

나는 깜짝 놀라 뒤를 돌아보았다. 하루키는 여전히 머리에 흰 수건을 얹은 채 눈을 감고 물속에 가만히 앉아 있었다. 어리둥절했다. 혹시 환청을 들은 건가 싶었다.

그 순간, 지금 이 모든 순간이 현실이 아닐지도 모른다는 걸 깨달았다. 그리고 언젠가 이와 비슷한 경험을 했던 기억이 떠올랐다. 비 내리는 밤, 현실과 환상의 모호한 경계, 그리고 누군가가 나를 향해 건넸던 말.

현실이든 환상이든 그건 중요하지 않아요. 중요한 건 이 순간을 믿는 거예요. 그러면 당신의 이야기가 되니까.

나도 모르게 미소가 지어졌다. 의심을 거두고, 그저 이 순간을 믿고 받아들이기로 했다. 난 하루키를 향해 허리를 숙여 공손히 절을 하며 작은 목소리로 말했다.

"고맙습니다."

하루키가 나의 모습을 보았는지, 나의 인사를 들었는지는 알 수 없었다. 그건 아무래도 상관없었다. 이 이야기를 나중에 꼭 유이에게 전해주자고 생각했다. 그러면 그녀는 가는 눈으로 미소 지으며 이렇게 말할지도 몰랐다.

그것 보세요. 일어날 거라 믿는다면, 분명 일어난다고 했잖아요.

다음 날 아침, 나는 프런트의 직원에게 혹시 이 호텔에 하루키가 묵고 있냐고 물었다. 의아한 표정의 직원은 규정상 투숙객 정보는 알려줄 수 없다고 답했다. 난 그걸로 됐다는 듯 고개를 끄덕였다. 솔직히 하루키의 투숙 여부는 별로 중요하지 않았다. 그냥 어디까지가 현실이고, 어디까지가 환상인지 확인하고 싶었을 뿐이었다.

가볍게 인사를 하고 가려는데 직원이 날 불러세웠다. 그러더니 사실 자신은 하루키의 팬인데, 자신이 알기로 하루키는 지금 미국에 있다고 했다. 나는 그다지 놀랍지 않앉지만 미간을 찡그리며 놀란 척을 했다. 그리고 어젯밤 노천탕에서 하루키를 만났고 대화도 나누었다고 말했다. 어쨌든 나에게 그건 사실이니까.

직원은 잠시 난처한 표정을 짓더니 스마트폰으로 무언가를 검색하여 나에게 보여주었다. 미국에 머무르고 있는 하루키가 한 대학에서 진행한 강연에 관한 어제 날짜 기사였다. 나는 그 기사를 유심히 보고는 그저 덤덤한 표정을 지었다. 딱히 할 말이 떠오르지 않았다. 그런 나의 반응이 재미있었는지 직원은 살며시 미소를 지으며 내게 말했다.

"This situation really like a Haruki novel."

난 직원을 바라보며 고개를 갸웃했다.

그럴 리가. 이 순간은 나의 것, 나의 이야기야. 난 이 순간을 믿으니까.

난 어느 때보다 편안한 미소를 지었다. 그리고 왼손으로 나를 가리키며 직원에게 말했다.

"No, it's mine. My story."

*소설의 제목은 언니네 이발관의 노래 〈순간을 믿어요〉(2004)에서 가져왔다.

작가의 말

어떤 믿음

도시계획 회사에서 근무했던 난 2020년부터 우연히 동네 독립서점의 글쓰기 모임에 참여해 소설을 쓰기 시작했다. 그러다가 또 우연히 2021년에 첫 책을 출간했고, 어떻게 하다 보니 2022년부터는 1인 출판사 운영까지 시작했다. 회사 일과 병행하며 내 앞에 보이는 즐거움을 계속해서 좇았다. 글 쓰고 편집하고 출간하는 작업을 출근 전에, 퇴근 후에, 그리고 주말에 틈틈이 시간을 내서 처리했다. 그렇게 4년을 보내며 총 세 권의 소설집을 출간했다. 힘들지 않았다면 거짓말이지만, 그걸 상쇄하고도 남을 만큼 희열 또한 컸다. 한 편의 소설을 완성했을 때, 한 권의 책이 나왔을 때, 독자들이 내 책을 읽고 소감을 전할 때 소모된 에너지보다 몇 배 이상의 기쁨을 되돌려 받았다.

그러한 기쁨을 더 크게, 그리고 더 온전하게 누리기 위해 전업 작가 생활을 고민했다. 하지만 회사를 쉽사리 그만둘 수는 없었다. 소설을 쓰고 책을 만드는 순간은 너무나 즐겁고 행복해서 문득문득 꿈처럼 느껴졌다. 달콤한 환상처럼 느껴졌다. 꿈에서 깨면 이 환상이 사라져 버리는 건 아닐까 불안했다. 그래서 회사를 그만두는 걸 망설였다. 어려움에 부닥쳤을 때 안전하게 돌아갈 현실이 필요했고, 꿈에서 깼을 때 두둥실 허공을 걸어 다니던 내 두 발이 착지할 실재하는 지면이 필요했다. 꿈과 환상을 현실로 만들기엔 난 내 소설에, 나 스스로에게 자신이 없었다.

하지만 결국 올해 초에 퇴사하고 전업 작가의 생활을 시작했다. 갑자기 자신감이 생겼다거나 불안함이 사라진 건 아니다. 이 작품집을 준비하는 동안에도, 지금 이 작가의 말을 쓰는 순간에도 난 내 소설이 여전히 부끄럽고, 내 결정이 어떠한 결과를 초래할지 불안하다. 그런데도 전업 작가를 선택한 건 전과 달리 내게 어떤 믿음이 생겨났기 때문이다.

처음 책을 냈을 때도, 그리고 작년에 세 번째 책을 냈을 때도 내 소망은 계속 소설을 쓰고 책을 내는 삶을 살고 싶다는 것이었다. 하지만 과연 내가 그렇게 할 수 있을지, 시작한다 해도 지속할 수 있을지 확신하지 못했다. 의심과 불안이 항상 나를 따라다녔다. 어떻게 하면 이러한 의심과 불안에 완전히 잠식당하지 않을 수 있을까 고민했다. 그러다 깨달았다. 나를 믿는 수밖에 없다는 것을. 그 무엇보다 깊고 단단하게. 그래서 나는 믿어보기로 했다. 불안한 미래이지만 앞으로도 계속 소설을 쓰겠다고. 어떻게든.

깊고 단단한 믿음은 내가 나아갈 방향을 더욱 선명하게 보여주었다. 그래서 오랜 망설임 끝에 그 방향으로 발을 내디딜 수 있었다. 내가 선택한 이 방향이 틀렸을 수도 있고, 어느 순간 넘지 못할 벽을 마주할 수도 있다. 그때마다 후회하고 좌절할 수도 있다. 하지만 깊고 단단한 믿음은 분명 그에 따른 충격과 낙차를 최소화해 줄 것이다. 그리고 그 모든 걸 감당하고 다시 시작할 수 있을 것이다. 나의 믿음은 내게 그런 힘을 줄 것이다.

이번에 수록된 여섯 편의 소설에는 내가 지난하게 통과한 의심과 불안의 시간이, 그리고 끝내 도달한 믿음의 순간이 고스란히 담겨있다. 전작들과 달리 다소 환상적이고, 다소 어둡기도 한 이야기를 통해 독자들에게 보여주고 싶었던 건 눈앞에 마주한 의심의 순간을, 하루하루 살아가는 이 세계를, 그리고 무엇보다 자기 자신을 깊고 단단하게 믿는 것이 과연 어떠한 의미가 있는지였다. 어떤 믿음은 끝내 좌절과 슬픔을 초래하기도 한다. 하지만 어떤 믿음은 분명 유효한 용기와 온기를 전해준다. 나의 믿음이 부디 나와 연결된 누군가에게, 그리고 이 세계에 작은 용기와 온기를 전할 수 있기를 희망한다. 이러한 나의 희망이 독자들에게도 진실하게 가닿는다면 더 바랄 게 없다.

계속 소설을 쓸 수 있다는 믿음을 갖게 된 건, 그리고 그 믿음을 바탕으로 새로운 선택을 할 수 있었던 건 진심 어린 지지와 신뢰를 보내준 많은 이들이 있었기에 가능했다. 한 명 한 명 열거할 수는 없지만 그들의 마음 모두 소중히 기억하고 간직하고 있다. 앞으로도 그 마음들이 모여 발하는 다정하고도 따스한 온기를 꼭 끌어안고 나를 지탱하며 소설을 써나가겠다.

2024년 여름의 초입에서
주얼 드림

당신의 판타지아
주얼 2024

초 판 1쇄 펴낸날 | 2024년 6월

지은이 | 주얼
편 집 | 주얼
디자인 | 주얼
제 작 | 주얼

펴낸곳 | 이스트엔드
펴낸이 | 주얼
이메일 | eastend_jueol@naver.com
S N S | @eastend_jueol

ISBN | 979-11-977460-6-2-03810

이 책의 판권은 지은이와 이스트엔드에 있습니다.
이 책 내용의 전부 또는 일부를 재사용하려면 반드시 양측의 서면동의를 받아야 합니다.
이 책은 성북문화재단의 창작지원사업 「프로젝트앳@」의 지원을 받았습니다.